Markus Klöckl
Verschollen

Die Biker – Band 1

Markus Klöckl

Die Biker

1

Verschollen

Rediroma-Verlag

Bibliografische Information der Deutschen Nationalbibliothek:
Die Deutsche Nationalbibliothek verzeichnet diese Publikation in der Deutschen Nationalbibliografie; detaillierte bibliografische Daten sind im Internet über http://portal.dnb.de abrufbar.

ISBN 978-3-96103-731-5

Umschlagillustration: sebos (shutterstock.com)

www.rediroma-verlag.de
8,95 Euro (D)

Inhalt

Das Motto der Biker:

Bleib immer locker, sonst hauts die vom Hocker.

Der Name Biker

Auf den Namen Biker sind die vier Freunde gekommen, als sie alle bei einem Radrennen mitmachten und die ersten vier Plätze belegten. Die ersten vier bekamen das gleiche Fahrrad als Preis. Da sie Krimifälle schon immer geliebt haben, gründeten sie eine Bande namens Biker. Sie haben ihr Hauptquartier in einem alten ÖBB-Bus, der im Wald von Beas Großeltern steht. Der Bus hat ein kleines Büro, einen Lageraum, einen Computer, ein Badezimmer und sogar einen geräumigen Schlafraum im hinteren Teil des Busses. Von dort aus lösen sie ihre Krimifälle.

Die Biker

Name: Bea Zottel (eigentlich Bea Rad)
Alter: 13
Meine Stärken: bekomme es nicht leicht mit Angst zu tun. Bin daher die Mutigste in der Truppe.
Das finde ich super: Krimis, bei denen ich schon, bevor ich fertig gelesen habe, das Ende weiß.

Name: Iso Ben (eigentlich Ben Hahr)
Alter: 13
Meine Stärken: kann tauchen und kenne mich mit Technik aus.
Das finde ich super: Computer, Bücher über Technik und meine Kappensammlung.

Name: Maxium Girl (eigentlich Maxima Gruber)
Alter: 12
Meine Stärken: bin die Flinkste und Gescheiteste in der Truppe.
Werde daher als „wandelndes Lexikon" bezeichnet.
Das finde ich super: Mein Wissen und meine kleine Tierfarm.

Name: Pommes-Frank (eigentlich Frank Lot)
Alter: 13
Meine Stärken: kann mich sehr gut verkleiden. Bin daher in der Truppe sehr wichtig. Komme dadurch aber oft in Gefahr.
Das finde ich super: Meinen Verkleidungskoffer und dass ich meine Stimme gut verstellen kann.

Name: Golden Jenny (eigentlich Jenny Bensen)
Alter: 13
Meine Stärken: kenne mich in Naturwissenschaft sehr gut aus. Kann auch sehr gut tauchen.
Das finde ich super: dass ich ein Biker bin und Abenteuer mit den anderen erleben kann.

Urlaub

Die Biker waren von Franks Eltern auf eine 21 Tage lange Atlantik-Kreuzfahrt eingeladen worden. Es ging am Samstag um fünfzehn Uhr los und so trafen sich die Biker noch am Vortag im Bus und freuten sich schon auf die Reise. Bea, Jenny und Ben schliefen schon in ihren Betten. Girl und Frank sahen sich noch die Abendnachrichten im Fernsehen an. Gerade, als sie den Fernseher abschalten wollten, denn sie waren schon sehr müde und mussten morgen früh aus den Federn kriechen, kam eine Meldung über das Verschwinden der Queen Mary 2. Sofort waren beide wieder hellwach und Pommes drückte schnell auf die Taste Rec, um das Programm aufzunehmen.

„Wie erst heute bekannt wurde, verschwand gestern die Queen Mary 2 auf ihrer Jungfernfahrt über den Atlantik nach Southampton spurlos. Die Suche nach dem größten Passagierschiff der Welt musste heute aber wegen des schlechten Wetters eingestellt werden. Da man keinen Funkkontakt und auch sonst keine Spuren, bei der Suche gefunden hat, weiß man nichts über den gesundheitlichen Zustand der Passagiere. Und nun geht's weiter mit dem Wetter“, sprach der Nachrichtensprecher.

Maxium und Pommes waren erschrocken über diese Nachricht, denn ihre Kreuzfahrt war auch im

Atlantik. „Wie kann ein so großes Schiff einfach verschwinden?“, grübelte Girl.

Frank antwortete: „Keine Ahnung. Das Wetter ist erst heute schlecht geworden. Gestern schien noch die Sonne am Himmel, aber eine Erklärung für das Verschwinden des Schiffes habe ich auch nicht.“

„Woher weißt du das?“, wollte Girl wissen.

„Ich habe mir gerade über das Internet einen Wetterbericht angesehen“, sagte Frank.

„Dann ist ja alles klar“, gähnte Girl.

„Gehen wir ins Bett. Morgen müssen wir früh raus, wenn wir den Flieger, der uns zum Schiff bringt, noch erwischen wollen“, bestätigte Frank Girls gähnen.

„Ich hoffe, ich bekomme noch ein Auge zu, nach diesen Nachrichten“, murmelte Girl.

„Ich glaube nicht, dass uns das auch passieren wird“, beruhigte Pommes. Girl ging schon in den Schlafraum und legte sich in ihr Bett und Frank folgte, nachdem er den USB-Stick mit den aufgenommenen Nachrichten in den Koffer legte, damit seine Kumpels den Bericht auch sehen konnten.

Girl und Frank konnten trotz allem sehr gut schlafen, bis um sechs Uhr der Wecker läutete und die Biker aus dem Schlaf riss. Ben sprang als erster auf, zog Jenny die Decke weg und rüttelte auch die anderen wach. Jenny sprang sofort auf und versuchte Girls Decke wegzuziehen, aber Maxium hielt sie fest und raunzte: „Ich will noch nicht."

Nun kam auch Frank hinzu und zerrte mit Hilfe von Ben Girl aus dem Bett. Girl wehrte sich gewaltig, aber sie hatte keine Chance gegen die Jungs. Als Maxium neben dem Bett lag, musste sie lachen. Auch die anderen konnten sich vor lachen nicht mehr halten und kugelten sich auch schon auf dem Boden. Schnell machten sie sich frisch, zogen sich an und liefen zu Beas Großeltern zum Frühstücken.

Beas Oma hatte schon auf die Biker gewartet und wollte wissen: „Seid ihr schon fertig für die große Reise?"

Sofort antwortete Bea: „Sicher, ich kann es gar nicht erwarten, bis es losgeht."

Es gab Kaffee mit Ham and Eggs. Als die fünf gespeist hatten, hörten sie schon eine Hupe. „Das werden schon meine Eltern sein. Lasst uns das Gepäck holen", konnte es Frank gar nicht mehr erwarten.

„Auf geht's, ihr faulen Biker", rief Jenny in Richtung Girl und Frank.

„Jaja, schon gut. Wisst ihr den schon, dass gestern die Queen Mary verschwunden ist?", informierte Maxium. Jenny und Ben machten ein verdutztes Gesicht und Frank, der schon aus dem Essraum war, kam wieder zurück, als er das hörte.

„Du meinst das Schiff, oder?", fragte Bea.

„Ja, vorgestern verschwand die Queen Mary im Atlantik. Näheres weiß man noch nicht", bestätigte Maxium. Als wieder die Hupe ertönte, unterbrach Jenny: „Den Rest können wir auch im Auto besprechen. Es ist schon acht Uhr und wir müssen los, sonst verpassen wir unseren Flieger noch."

Schnell liefen die Biker zurück zum Bus und holten ihre Koffer und Taschen.

„Wo wart ihr so lange?", wollte Franks Vater wissen, als die Biker endlich auftauchten.

„Hallo Mama, Papa. Nur keine Hektik, wir sind ja nun hier", beruhigte Frank. Da das Auto von Herrn Lot zu klein für den Transport zum Wiener Flughafen war, hatte er einen Kleinbus gemietet. Der Rest der Bande grüßte auch freundlich und als das Gebäck verstaut war, konnte die Fahrt endlich losgehen. Auf der einstündigen Fahrt zum Flughafen erzählten Maxium und Pommes, was sie in den Nachrichten gehört hatten. „Wie kann denn so etwas möglich sein? Am helllichten Tag verschwindet so ein großes Schiff und es gibt keine Spuren?", fragte Jenny.

„Kann ich mir auch nicht vorstellen. Piraten werden es wohl nicht gewesen sein", meinte Ben.

„Bist du dir da sicher? Ich könnte mir das durchaus vorstellen", rief Zottel.

Franks Eltern hatten stumm zugehört, aber nun sagte Herr Lot: „Ich glaube eher, das Schiff ist untergegangen."

„Dann müsste man doch längst die Rettungsboote gefunden haben“, widersprach Pommes.

Nach kurzem Überlegen sagte Jenny: „Vielleicht nicht gerade Piraten, aber es könnte doch eine Gruppe Erpresser sein oder ganz gewöhnliche Diebe.“

Frau Lot unterbrach die grübelten Biker: „Wir sind jetzt am Flughafen. Wer mit in den Flieger will, muss jetzt aussteigen.“

Blitzartig waren die Biker aus dem Wagen gesprungen und holten ihr Gepäck aus dem Kofferraum. Da an diesem Tag nicht viel los war, kamen sie schnell zum Einchecken. Danach ging es auch schon zum Flieger. Viel Zeit hatten sie nicht, denn sie waren schon spät dran. „Halt, wartet“, rief Frank den anderen nach, denn er wollte noch einige Tageszeitungen kaufen, um zu sehen, was es über die Queen Mary Neues gab. „Trödle nicht so. Es ist eh schon so spät“, trieb Frau Lot ihren Sohn an. Nachdem er bezahlt hatte, schloss er wieder zu den anderen auf und so stiegen alle ins Flugzeug. Da Bea ein wenig Flugangst hatte, ging das nicht ganz ohne Geschrei über die Bühne. Aber als auch Bea im Flugzeug war, warteten alle nur mehr auf den Start. „Hoffentlich erleben wir wieder ein Abenteuer“, freute sich Jenny schon auf die Kreuzfahrt.

„Das werden wir ganz bestimmt“, antwortete Ben.

„Hoffentlich nicht“, stöhnten Frau und Herr Lot. Die Biker mussten kichern. Der Flug ging nach Barcelona, wo sie dann auf das Schiff Delphin Renaissance gingen. Während des Fluges wurde nicht über das verschwundene Schiff gesprochen. Nach einem dreistündigen Flug landete der Flieger in Spanien.

„Hier scheint ja die Sonne“, wunderte sich Frank.

„Gestern hatten wir stürmisches Wetter“, mischte sich ein Zollbeamter ein.

Nach der Sicherheitskontrolle ging es weiter zur Gepäckausgabe. „Jetzt müssen wir nur noch unsere Koffer finden“, stöhnte Iso dort.

„Nur keine Sorge. Da kommt unser Gepäck ja schon“, beruhigte Frank. „Nun müssen wir nur noch den Bus finden, der uns zum Schiff bringt.“, erwähnte Herr Lot und machte sich auf dem Weg zur Bushaltestelle. Dort standen einige Busse, aber Herr Lot konnte nach einigen Fragen den richtigen Bus finden. Schon saßen die Biker und Franks Eltern im Bus. Im Bus befanden sich noch ein älteres Ehepaar und eine deutsche Familie mit Zwillingen, die so alt wie die Biker waren. Da es nur zehn Kilometer bis zum Hafen waren, kamen sie bald bei der Anlegestelle an. Nach dem Verlassen des Busses rief Bea: „Seht euch einmal an, wie groß dieses Schiff ist.“

„Wow“, staunte der Rest der Bande im Chor. Schnell eilten drei Matrosen herbei, um beim Tragen des Gepäcks zu helfen.

An Bord

„Seht euch die Empfangshalle an. Die ist ja toll und riesengroß“, war Golden verzaubert. „Sie haben die Kabinen 8008, 8010 und für sie die Suite 8088. Alle sind auf Deck Acht“, teilte die Frau in der Rezeption mit.

Nach der Einschiffung wurden den Bikern die Kabinen gezeigt. Bea, Ben und Jenny, Girl und Frank teilten sich jeweils eine Außenkabine. Die Kabinen hatten eine Verbindungstür und nachdem sie ihre Koffer ausgepackt hatten, trafen sich die Fünf in Beas und Bens Kabine. Dort wurde der von Frank mitgenommene USB-Stick angesteckt.

„Das haben wir gestern aufgenommen. Ein Bericht über das Verschwinden der Queen Mary 2“, informierte Maxium. Der Rest der Bande hatte sich auf die Betten gesetzt und lauschte gespannt dem Bericht. Als dieser vorbei war, sagte Jenny: „Keinen Funkkontakt und auch keine Spuren von dem Schiff? Ich glaube nun auch, dass es sehr schnell gesunken ist.“

„So schnell, dass es keine Überlebenden gibt?“, konnte es Ben nicht glauben.

Bea, die sich eine Zeitung geschnappt hatte, las vor: „Der Nebel wird dichter und dichter und wir können nichts mehr sehen. Alle Instrumente spielen verrückt. Die Maschine haben wir abgeschaltet, weil wir nicht mehr wissen, wo wir uns befinden. Treiben nun auf dem Meer. Brauchen dringend Hilfe. O Gott, was ist das da vor uns? Sieht aus wie ein großes Fel… Ahhhhhhhh...“

„Was ist das?“, wollte Ben wissen.

„Ein Ausschnitt vom letzten Funkspruch der Queen Mary 2“, antwortete Bea.

„Das Wetter war doch sonnig an diesem Tag. Wo kam der Nebel her?“, grübelte Jenny.

„Und was war das, was sie gesehen haben? Ein großes Fel…“, überlegte Iso.

„Mitten im Atlantik? Vielleicht ein Eisberg?“, hatte Maxium eine Erklärung.

„So weit im Süden, dass glaub ich nicht ganz“, widersprach Frank.

Plötzlich vibrierte das Schiff. Da es fünfzehn Uhr war, ging die Reise von Barcelona aus los.

„Wir fahren los“, freute sich Jenny. Es klopfte an der Tür und Ben öffnete. Frau und Herr Lot standen vor der Tür und fragten: „Wir gehen etwas essen. Wollt ihr mitkommen?“

„Jetzt noch nicht“, sagte Pommes.

„Grübelt ihr schon wieder?“, verabschiedete sich Frau Lot lächelnd.

Die Biker schauten sich an und schließlich sagte Bea: „Haben wir denn ein neues Abenteuer?“

„Glauben wir schon“, riefen alle im Chor. Ben schloss die Tür wieder.

„Wieso haben die Instrumente verrückt gespielt?“, fiel Maxium ein.

„Vielleicht ein magnetisches Störfeld“, meinte Jenny.

„Mitten im Meer?“, wunderte sich Pommes.

„Irgendwie hätte ich jetzt doch Hunger“, rief Bea.

„Okay, gehen wir was essen“, war auch Girl einverstanden. Frank überlegte noch, meinte schließlich: „Hier kommen wir eh nicht weiter. Gehen wir essen.“

Da ihre Kabinen auf dem achten Deck waren, fuhren sie mit dem Lift zum Restaurant, das auf Deck fünf war. Nachdem die Biker das Restaurant gefunden hatten, waren sie erstaunt, wie groß und prunkvoll es ausgestattet war. Sofort wurden sie von einem Kellner freundlich bedient. Die Auswahl war groß und schließlich bestellte die Bande eine Grillplatte mit Pommes und Gemüse. Nicht lange und die Platte wurde serviert. „Das duftet ja herrlich“, freute sich Jenny. Sofort begannen sie die Platte zu leeren und aßen sich voll. „Das war ein köstliches Mahl“, stöhnte Iso, nachdem er satt war. Da alle satt waren, wurde der Rest des Tages geplant. „Ich werde nach dem Essen etwas zum Pool gehen“, sagte Jenny.

Ben war sofort damit einverstanden und schmunzelte: „Ich werde mitkommen.“

„Ihr Wasserratten könnt es wohl kaum erwarten in den Pool zu springen“, lachte Girl.

„Kommst du mit zum Schoppen, Girl? Hier soll es einige Boutiquen geben“, wollte Bea wissen.

„Ja, klar komme ich mit. Was machst du, Frank? Wie ich dich kenne, wirst du das Schiff erkunden“, vermutete Maxium.

„Ja, ich werde einmal versuchen, auf die Brücke zu kommen. Vielleicht reden die ja über die Queen Mary“, sagte Pommes.

„Wir treffen uns dann um neunzehn Uhr in unseren Kabinen“, rief Jenny.

„Super, gehen wir los“, sagte Maxium. Jenny und Ben gingen in die Kabine zurück, um ihr Badezeug zu holen. Girl und Bea brauchten nicht weit zu laufen, denn die Boutiquen waren auf dem gleichen Deck. Zuerst gingen sie zum Souvenirshop. Beide sahen sich um und schließlich meinte Girl: „Die Preise hier sind auch nicht gerade klein.“

„Ja, da hast du recht“, gab Bea Girl Recht.

Nach weiteren fünf Minuten gingen die beiden weiter. Sie schlenderten die Einkaufsmeile ab, bis Zottel rief: „Gehen wir jetzt zu den Boutiquen.“

Maxium bemerkte: „Viele Leute sind hier nicht. Und einige Läden haben geschlossen. Aber gehen wir mal zu den Boutiquen.“

Beide drehten um, denn die Boutiquen befanden sich am anderen Ende der Einkaufmeile. Dort angekommen, gingen sie sofort in das erste Kleidergeschäft. „Sieh dir mal diese Auswahl an“, staunte Girl.

„Da gibt es ja genug zu kaufen“, schwärmte auch Bea.

Maxium hatte schon einen Bikini gefasst und ging damit in eine Umkleidekabine. Auch Zottel hatte einen gefunden und wollte ihn auch gleich anprobieren. Beide waren in der Umkleidekabine beschäftigt, als sie eine Frau reden hörten: „Hast du gewusst, das wir auf unserem Deck die einzigen Passagiere sind, Schatz?“

„Ich weiß, Schatzi, aber wir haben die Reise doch zum Hochzeitstag geschenkt bekommen. Bleiben wir doch an Bord“, sagte der Mann leise, aber noch immer laut genug, um ihn zu verstehen.

„Du hast recht. Lassen wir uns den Urlaub nicht verderben“, antwortete die verängstigte Frau. Ohne etwas zu kaufen, verließ das Ehepaar den Laden. Schnell kamen die Mädchen aus der Kabine und hatten ein mulmiges Gefühl. „Was ist denn hier los?“, flüsterte Bea.

„Keine Ahnung. Es muss etwas mit der Queen Mary zu tun haben“, vermutete Girl.

„Mir ist auch schon aufgefallen, dass wenig Leute an Bord sind“, sagte Zottel.

„Gehen wir zurück in die Kabine. Bin schon neugierig, was die anderen herausgefunden haben“, rief Maxium.

Ohne etwas zu kaufen, verließen die Mädchen das Geschäft und liefen Richtung der Kabinen. Dort wurden sie schon vom Rest der Bande erwartet.

Jenny holte ihren Bikini aus dem Schrank und wartete auf Ben, der in der Unordnung seine Badehose nicht fand. Aber schließlich fand er sie doch noch. Der Pool befand sich am neunten Deck und hatte auch noch zwei Whirlpools. Jenny und Ben mussten die Augen kurz schließen, weil die Sonne so blendete, als sie auf das Außendeck kamen. „Sieh einmal. Wir sind schon auf dem Mittelmeer“, staunte Iso.

„Wow, du hast Recht. Nichts außer Wasser“, träumte Jenny.

„Für das schöne Wetter sind aber wenig Leute hier oben am Deck“, wunderte sich Ben.

„Vielleicht sind sie noch beim Koffer auspacken oder beim Essen“, versuchte Golden eine Erklärung zu finden. Neben den Pool besetzten sie zwei Liegestühle mit Sonnenschirm und gingen sich erst einmal sonnen. Plötzlich sprang Jenny auf und hüpfte ins Wasser, sodass sich eine Wasserfontäne über Ben ergoss. „Was soll das? Na warte, dich kriege ich schon noch“, lächelte Ben und sprang hinterher. Im Wasser gab es eine Rauferei, bis Ben es endlich geschafft hatte, Jenny unterzutauchen. Als Golden wieder auftauchte, war Iso bereits in der anderen Ecke und lachte Jenny aus.

Sie tauchte vor ihm ab und riss Ben die Füße weg, sodass er ins Wasser kippte. Nun hatte auch Jenny etwas zu lachen. Nachdem Iso wieder aufgetaucht war, wollte er sie wieder tauchen, aber plötzlich hörten beide das deutsche Ehepaar Klausen, das auch im Bus saß, reden. „Nach dem Verschwinden der Queen Mary 2 haben viele der Passagiere die Reise abgesagt. Es sollen nur ungefähr fünfzig Passagiere hier sein. Ich mache mir langsam auch Sorgen, ob wir doch wieder von Bord gehen sollten, bevor etwas passiert“, sagte Herr Klausen.

Frau Klausen meinte: „Jetzt sind wir doch schon einmal hier. Machen wir die Reise doch bis zum Ende mit.“

„Du weißt aber schon, dass man einen zusätzlichen Offizier an Bord geholt hat, weil sich die halbe Mannschaft krankgemeldet hat und man zuerst die Fahrt absagen wollte?“, wusste Herr Klausen.

„Ja, aber wir haben uns den Urlaub doch schon so lange gewünscht und dafür gespart. Genießen wir ihn einfach. Auch der Kinder wegen“, flüsterte Frau Klausen.

„Hast du das gehört?“, sagte Ben erschrocken.

„Darum sind wir hier so alleine an Deck. Also muss mehr mit der Queen Mary 2 passiert sein, als bis jetzt bekannt ist“, flüsterte Jenny.

„Komm, wir müssen das den anderen erzählen“, wisperte Ben und stieg aus dem Pool. Schnell folgte Golden Jenny. Da der Lift nicht kam, nahmen sie die Treppe und stießen mit den Zwillingen von Frau und Herrn Klausen zusammen.

„Nicht so schnell“, sagte Mirna Klausen.

„Entschuldigung, wir haben es eilig“, redete Ben im Vorbeilaufen. Die beiden Zwillinge schüttelten den Kopf und gingen zum Pool. Da es schon halb sieben war, gingen sie in die Kabine und warteten auf Bea, Girl und Frank.

Frank ging einmal los, und erkundete das Schiff Deck für Deck. Zuerst ging er in die Eingangshalle. Bei der Rezeption blieb er stehen und belauschte die Frau und den Mann hinter dem Empfang. Da die beiden nur über den nächsten Hafen sprachen, ging Frank weiter. Er stieg in den Lift und fuhr zum achten Deck und ging Richtung Brücke. Aber bevor er in die Nähe der Brücke kam, wurde er von einem Matrosen im Gang aufgehalten: „Du darfst hier nicht weitergehen. Dieser Teil des Schiffes ist für die Passagiere nicht zugänglich.“

„Entschuldigung, ich habe mich wohl verirrt“, war Frank etwas enttäuscht und ging zurück zu seiner Kabine. In der Kabine holte er seinen Verkleidungskoffer, nahm eine Offiziersuniform heraus und zog sie an. Die hatte er einmal von seinem Onkel geschenkt bekommen, der auf der Voyager of the See, einem anderen Kreuzfahrtschiff, Offizier war. Er klebte sich auch noch einen Schnauzer auf und falsche Augenbrauen. „Sehr schön. Jetzt sehe ich aus wie Onkel Karsten“, lobte Frank sich selbst und machte sich wieder auf den Weg zur Brücke. Diesmal standen gleich drei Matrosen im Gang. „Grüß Gott“, grüßten diese. Auch Frank grüßte und ging schnell weiter auf die Brücke. Er hoffte, dass er nicht gleich entlarvt werden würde. „Ah, Sie müssen der neue Offizier Karsten sein. Ich bin Kapitän Viktonsen. Ich hoffe, Sie sind mit Ihrer Kabine zufrieden. Wie gefällt Ihnen unser Schiff? Ist zwar etwas kleiner als das, wo Sie sonst ihren Dienst versehen, ist aber trotzdem recht gemütlich“, wurde Frank vom Kapitän empfangen.

„Guten Tag, Kapitän Viktonsen. Sehr schönes Schiff“, sagte der verdutzte Pommes.

„Was sagen Sie zu den jüngsten Vorfälle rund um die Queen Mary 2?“, wollte der Kapitän wissen.

„Das mir das noch immer ein Rätsel ist, wie so ein großes Schiff verschwinden kann“, schwitzte Frank, denn er hatte nicht gedacht, dass der Kapitän ihn als Herrn Karsten erkannte. „Na, da wissen Sie ja auch nicht mehr als ich“, seufzte Kapitän Viktonsen.

„Ich müsste mal aufs Klo, Kapitän“, bat Pommes.

„Ja, gehen Sie ruhig. Danach zeige ich Ihnen die Brücke“, sagte er freundlich. Pommes ging wieder in den Gang und stieß mit jemandem zusammen. Beide stürzten beinahe um und gerade, als sich Pommes entschuldigen wollte, erschrak er, als er sah, dass die Person sein Onkel war. „Hallo Frank. Was machst du denn hier in meiner Uniform?“, schüttelte dieser den Kopf.

„Hall... hallo Onkel. Ein wenig herumschnüffeln, ob jemand etwas weiß, über das Verschwinden der Queen Mary 2“, redete Frank.

„In meiner Uniform?“ konnte es sich Herr Karsten nicht erklären.

„Ich war damit gerade beim Kapitän. Der weiß aber auch nicht mehr. Dass du auch hier an Bord bist wusste ich gar nicht“, wisperte Frank.

„Ich bin als Ersatzoffizier hier. Das Verschwinden der Queen Mary 2 ist auch mir ein Rätsel“, musste Herr Karsten zugeben. Pommes sah auf die Uhr. Es war schon neunzehn Uhr und er rief zum Onkel: „Ich muss zurück zu meinen Kumpels. Bis bald.“

„Ihr seid alle hier? Das wundert mich nicht“, rief Herr Karsten Frank noch nach und ging anschließend auf die Brücke. So schnell er konnte, lief Pommes zu seinen Kumpels in die Kabine.

Noch ein Schiff verschwunden

Pommes riss die Tür auf und stolperte beinahe über Jenny, die sich gerade anzog. „Kannst du nicht anklopfen, wenn du hineinkommst?“, schrie Golden, denn sie stand nur in Unterwäsche vor Frank.

„Sehr komisch, Jenny. Wo ist der Rest der Bande?“, musste Pommes lächeln. Er ging zu Ben in die andere Kabine. Gerade als er sich auf das Bett gesetzt hatte, öffnete sich die Kabinentür und Bea kam mit Girl herein. Nun hatte sich Jenny etwas angezogen und kam auch in die andere Kabine. Sogleich wurde wild hin und her geschrien, was alle erlebt hatten. Da schrie Bea: „Hört auf! So versteht doch keiner was. Es wird einer nach dem anderen reden.“

Frank begann zu erzählen: „Da ich in meinem Gewand nicht zur Brücke kam, verkleidete ich mich als Offizier. Der Kapitän hat mich sofort begrüßt. Im Gespräch mit Kapitän Viktonsen konnte ich auch nicht mehr herausfinden.“

„Der hat dich nicht als verkleideter Junge erkannt?“, wunderte sich Jenny.

„Ja, und das komische ist, dass mein Onkel, vom dem ich die Uniform habe, auch an Bord ist“, erklärte Frank.

„Wir haben in einem der Geschäfte ein Ehepaar belauscht, das auf ihrem Deck die einzigen Passagiere sind“, erzählte Zottel.

„Auch wir haben am Pool einem jungen deutschen Ehepaar zugehört, wie sie darüber redeten, dass wenige Passagiere an Bord sind“, wusste Ben.

„Sie hatten sogar Angst und wollten im nächsten Hafen das Schiff verlassen“, fügte Jenny hinzu.

„Leute, das ist mir nicht mehr egal“, fürchtete sich Bea ein wenig.

„Nur keine Panik. Morgen legen wir am ersten Hafen an und dort werden wir sehen, ob einige Passagiere aussteigen“, beruhigte Iso.

„Warum ist dein Onkel eigentlich hier?“, wollte Golden wissen.

„Onkel Karsten ist ein Sicherheitsoffizier. Er wird sicher zusätzlich an Bord sein“, antwortete Frank.

„Glaubt ihr nicht auch, dass mehr mit der Queen Mary geschehen ist, als uns bekannt ist?“, fiel Zottel ein.

Maxium sagte: „Das vermute ich auch. Aber uns wird der Kapitän nichts erzählen.“

Da jetzt alle auf Frank guckten, rief dieser: „Schon gut, ich werde mit meinen Onkel darüber reden. Ich glaube aber nicht, dass er uns mehr erzählen wird.“

„Er kennt uns doch und deshalb wird er uns helfen“, quatschte Iso. „Morgen werde ich mich mit ihm unterhalten“, meinte Pommes.

„Gehen wir mal was essen. Ist ja schon Zeit fürs Abendessen“, informierte Zottel.

Ben sagte: „Ja, hast Recht. Hungrig bin ich auch schon.“

Die fünf Biker machten sich auf den Weg zum Speisesaal. Dort angekommen setzten sie sich an den zugewiesenen Tisch. Sofort kam ein freundlicher Kellner und fragte: „Was möchten Sie zu trinken?“

Im Chor antworteten die Fünf: „Ein Mineral-Zitrone bitte.“

Mit einem Lächeln auf den Lippen sagte der Kellner: „Okay. Danke.“

Girl sah sich um und meinte: „Seht euch das mal an. Es sind nur fünf Tische besetzt.“

Auch die anderen sahen sich nun um und Bea entdeckte: „Seht mal, wie klein das Buffet ist. Die haben nicht viel Auswahl.“

Da brachte der Kellner auch schon die Getränke. „Ja genau. Kommt und lasst uns das beste daraus machen. Machen wir die Teller voll und essen mal“, konnte es Jenny nicht mehr erwarten. Die Auswahl war wirklich nicht groß. Es gab nur Schnitzel, gegrilltes Kotelett und angebratenes Putenfleisch. Einen grünen, Tomaten- und Gurkensalat und als Zuspeise Reis, Nudeln und Spätzle. Die Nachspeise war ein Schoko- oder ein Vanille-Eis und es gab noch Kaffee und als Kuchen eine Raffaello-Schnitte. Golden und Zottel nahmen sich jeweils ein Stück Putenfleisch und Spätzle dazu und Iso ein Schnitzel mit Pommes. Frank entschied sich für das gegrillte Kotelett mit Reis und Maxium nahm sich Putenfleisch mit Pommes. Auch einen gemischten Salat gönnte sich jeder. Als alle wieder am Platz waren, kamen auch Franks Eltern zum Essen. „Hallo. Ihr seid schon hier? Mahlzeit“, wurden sie von Franks Mutter gegrüßt. Auch die Biker grüßten und Pommes erklärte: „Ja wir hatten schon einen großen Hunger.“

„Dann lasst es euch schmecken“, rief Franks Vater und ging mit seiner Frau zum Büfett. Die Biker aßen ihre Teller leer und holten sich noch jeder ein Eis. Inzwischen hatten sich auch Franks Eltern am Büfett bedient und aßen genüsslich. „Jetzt bin ich hundemüde und möchte endlich ins Bett“, gähnte Pommes und lehnte sich am Stuhl zurück.

„Ja, du hast Recht. Gehen wir schlafen“, war Zottel einverstanden.

„Morgen ist auch noch ein Tag“, verabschiedete sich Jenny von Franks Eltern und ging in ihre Kabine. Girl, Bea, Ben und Frank folgten ihr. Nachdem sich alle gewaschen hatten gingen sie ins Bett und schliefen sofort ein.

Am Morgen kamen sie in Cadiz an und nach einem kräftigen Frühstück gingen die Biker an Land. Da sie ohne Franks Eltern losgingen, verabschiedeten sie sich noch von ihnen. Die Biker hatten den ganzen Tag Zeit, darum machten sie gleich eine Stadtbesichtigung. Es war eine interessante Führung, denn es wurden die Altstadt und ihre Sehenswürdigkeiten bestaunt. Zu Mittag gegessen wurde in einem Vier-Sterne-Restaurant, wo es auch Schnitzel und Pommes gab.

Nach einem üppigen Essen wollten sich die Fünf am Strand etwas ausruhen. Dort angekommen, sahen die Biker, dass auch Familie Klausen mit den Zwillingen am Strand war. Zwischen Herr und Frau Klausen tobte wieder ein Streit, ob man die Reise abrechen sollte oder ob man doch weiter fährt. Mia und Mirna gingen zu den Bikern, denn sie konnten das Herumstreiten nicht mehr ertragen. „Hallo, wir sind Mirna und Mia“, grüßte Mia.

„Hallo, wir sind die Biker. Das rechts neben mir ist Zottel Bea, neben ihr Maxium Girl, Golden Jenny und links von mir ist Iso Ben. Ich bin übrigens Pommes-Frank“, stellte Pommes alle vor. Nachdem sich alle vorgestellt hatten, wurde über die Vorfälle gesprochen. „Was ist mit euch? Fahrt ihr noch weiter?“, wollte Mirna wissen.

„Wir fahren natürlich weiter. Das wird doch sicher spannend“, strahlte Girl.

„Wollt ihr wirklich nicht mehr weiterfahren?“, wollte Bea von den Zwillingen wissen.

„Ich hoffe, dass wir noch nicht aussteigen und weiterfahren“, antwortete Mirna Klausen.

„Kommt, lasst uns die Laune nicht verderben. Gehen wir doch schwimmen“, machte Zottel einen Vorschlag. Die Zwillinge und die Biker schwammen im Meer und lasen am Strand unter einem Sonnenschirm. Da sie sehr viel Spaß hatten, verging die Zeit wie im Flug und so wurde es langsam wieder Zeit, auf das Schiff zu kommen. Nach dem Gespräch mit den Bikern versuchten Mirna und Mia noch, ihre Eltern davon zu überzeugen, auf dem Schiff zu bleiben. Es wurde heftig diskutiert, aber es half nichts, denn Frau und Herr Klausen hatten keine Chance gegen die Zwillinge. Sie schafften es und so ging Familie Klausen wieder mit an Bord. Nicht alle Passagiere kamen wieder auf das Schiff, denn viele blieben in Cadiz und flogen wieder nach Hause.

„Wenn das so weitergeht, sind wir bald die einzigen Passagiere hier an Bord“, stöhnte Bea in der Hitze.

„Du hast Recht. Ich hoffe aber, dass wir weiterfahren, obwohl so wenige Leute an Bord sind“, sagte Ben, als das Schiff nicht zur genannten Zeit ablegte. Aber nach fünf Minuten ruckte das Schiff und fuhr los.

„Gott sei Dank. Es geht weiter“, freute sich Jenny.

„Wie man’s nimmt“, bemerkte Bea etwas verängstigt. Im Speisesaal herrschte eine düstere Stimmung und es war nur ein Schmatzen und Schlürfen zu hören. Auch Franks Eltern sprachen nicht viel. „Wir gehen schon in die Kabine“, sagte Herr Lot. Als beide gegangen waren, flüsterte Ben: „Was ist denn hier los?“ Keiner wusste eine Antwort, als Frank eine vertraute Stimme hörte, die rief: „Hallo, Biker. Was macht ihr den für Gesichter?“

„Hallo Onkel, weißt du, was los ist?“, wollte Pommes wissen. Mit gesenkter Stimme antwortete Herr Karsten: „Habt ihr es noch nicht gehört, es ist noch ein Schiff verschwunden.“

Erschrocken von der Nachricht konnte keiner der Fünf etwas sagen. Schließlich wollte Girl wissen: „Was genau ist geschehen?“

„Hier will ich es euch nicht erzählen. Kommt mit in meine Kabine, obwohl ich glaube, dass es auf dem Schiff schon alle wissen“, antwortete Herr Karsten. Betroffen folgten die Biker Herrn Karsten in seine Kabine. In der Kabine angekommen, schloss Herr Karsten die Tür hinter sich und begann zu erzählen: „Wie bei der Queen Mary kam das Schiff gestern in dichten Nebel und verlor die Orientierung. Der Funkkontakt brach ab und man konnte auch die Position der Costa

Romantica nicht mehr feststellen. Alle Suchaktionen waren erfolglos. Man fand keine Wrackteile, keine Rettungsboote und auch keine Menschen. Das Schiff ist wie vom Erdboden verschluckt.“

Gespannt hatten die Biker zugehört. „Wie kann den das möglich sein?“, wunderte sich Ben.

„Wir wissen es nicht“, war die Antwort von Herrn Karsten.

„Wie war die letzte Position des Schiffs?“, wollte Frank wissen.

„Die letzte gemeldete Position war nicht weit entfernt von der Queen Mary“, wusste Franks Onkel.

„Bevor der Funkkontakt abgebrochen ist, hat man da wieder irgendetwas gesehen, von der Brücke der Costa Romantica aus?“, wollte Iso wissen.

„Ja, es war die Rede von einem riesigen Gebirgsmassiv, das vor dem Schiff auftauchte“, wusste Herr Karsten.

Da ertönte plötzlich ein Piepen. Franks Onkel griff in seinen Säckel und holte einen Pager heraus. „Kinder, ich muss auf die Brücke. Macht euch keine Sorgen auf unserem Schiff sind wir sicher“, verabschiedete er sich.

„Das klang aber nicht überzeugend“, bemerkte Jenny.

„Gehen wir in unsere Kabine und reden dort weiter“, sagte Pommes. Auf den Weg zur Kabine grübelten die Biker und ließen sich noch einmal alles durch den Kopf gehen. In den Kabinen angekommen, fielen sie in die Betten. „Zwei Schiffe sind spurlos verschwunden. Langsam glaube ich an Zauberei", schnaufte Zottel.

„Es gibt sicher eine vernünftige Erklärung dafür. Sehen wir mal auf der Karte nach, wo die Schiffe verschwunden sind", hatte Golden eine Idee.

Frank holte die Karte aus seinem Kasten und faltete sie auseinander. Die Bande suchte nun nach den Stellen, wo die Schiffe verschwunden waren.

„Hier ist es", zeigte Iso auf der Karte.

„Wie dein Onkel gesagt hatte, sind die Schiffe ziemlich an der gleichen Stelle verschwunden", bemerkte Maxium.

„Genau, aber auf der Karte ist keine Insel oder ein Gebirge in der Nähe", fiel Zottel auf.

„Seh… seht, auch wir fahren auf diese Stelle zu", stotterte Pommes, nachdem er die Route der Delphin studiert hatte. Bea und Jenny rissen die Augen auf, als sie sahen, dass Frank Recht hatte. Nur Girl und Ben blieben ruhig und sangen im Chor: „Das ist unser neues Abenteuer."

„Genau. Wir werden die Schiffe finden und die Gangster hinter Gitter bringen", rief Frank.

Da wurde das Gesicht von Zottel und Golden wieder freundlicher. Bea gähnte: „Jetzt ist es aber Zeit, in die Federn zu kommen".

„Ja, du hast Recht. Gute Nacht", verabschiedete sich Jenny und ging in ihre Kabine. Frank und

Girl folgten ihr. Nach diesem langen Tag schliefen die Biker wieder tief und fest.

Evakuierung

„Was werden wir denn heute machen?“, wollte Jenny wissen, die wieder als erste munter war.

„Lange schlafen“, gähnte Frank, drehte sich auf die Seite und schlief weiter.

„Fauler Sack“, nörgelte Golden. Nachdem sie sich gewaschen hatte, zog sie sich ihren Jogginganzug an. Vorher blickte sie noch durch die Zwischentür, ob Bea und Ben schon wach waren.

„Morgen, Jenny“, flüsterte Zottel, die schon wach war.

„Kommst du mit zum Joggen?“, wollte Golden wissen.

„Ja, ich komme“, wisperte Bea. Nach kurzer Zeit waren sie auf dem Weg zur Joggingbahn. Die Bahn befand sich auf Deck zehn. „So früh noch und die Sonne sticht schon vom Himmel“, blinzelte Bea, nachdem sich die Lifttüren geöffnet hatten.

„Was für ein schöner Tag“, bestätigte Jenny.

„Laufen wir los“, rief Zottel ungeduldig.

„Ja, ja, schon gut“, lächelte Golden. Wie immer waren keine Passagiere auf diesem Deck. Golden und Zottel liefen gerade ihre Runden, als zwei Matrosen an ihnen vorbeigingen. Die beiden schienen sehr nervös zu sein und bemerkten die Biker nicht. „Hast du schon gehört, dass wir zehn Minuten von einer Nebelbank entfernt sind“, murmelte einer von ihnen.

„Und das, wo wir gerade in die Nähe der Koordinaten kommen, an denen die anderen Schiffe verschwunden sind", wusste der zweite.

„Hast du das gehört? Wir müssen sofort die anderen wecken", flüsterte Jenny.

„Du hast Recht", bestätigte Zottel. Sofort liefen die zwei wieder zurück zu den Kabinen.

Jetzt wurde auch Frank munter und kroch aus seinem Bett. Auch Maxium guckte unter der Decke hervor und murmelte: „Morgen, Pommes."

„Morgen, Girl", sagte Frank. Vom Lärm munter geworden, kam nun auch Ben durch die Zwischentür. „Einen schönen guten Morgen", wünschte Iso seinen Kumpels.

„Wo sind eigentlich Bea und Jenny?", wollte Maxium wissen.

„Na, joggen", rief Ben. Nachdem sich alle frisch gemacht und angezogen hatten, warteten sie auf Jenny und Bea, um gemeinsam frühstücken zu gehen. Da wurde plötzlich die Kabinentür aufgerissen.

„Wisst ihr, was uns in zehn Minuten erwartet?", begann Bea gleich zu berichten.

„Na, ein köstliches Frühstück", witzelte Frank.

„Nein, wir kommen in eine Nebelbank", ergänzte Jenny. Erschrocken von der Nachricht, fiel Ben fast vom Sofa und stammelte: „Du glaubst wirklich, dass auch wir verschwinden werden?"

„Nein, auf keinen Fall. Wir werden der Sache auf den Grund gehen“, beruhigte Maxium.

„Genau, wir werden auch die anderen Schiffe wieder finden“, war auch Pommes fest entschlossen.

„Na hoffentlich“, rief Bea.

„Zuerst warten wir einmal ab, was passiert“, hatte Frank eine Idee.

„Toll, ich hoffe nur, dass wir dann noch was unternehmen können“, sagte Iso.

„Bis jetzt wissen wir ja nicht einmal, was im Nebel wirklich geschieht“, rief Golden.

„Vielleicht könn…“, wurde Girl unterbrochen, als plötzlich ein lautes Hupen durch die Lautsprecheranlage des Schiffs tönte. „Hier spricht der Kapitän. Wir werden die Rettungsboote zu Wasser lassen. Dies ist keine Übung. Das Schiff wird evakuiert. Bitte ziehen Sie sich Ihre Schwimmwesten an und gehen Sie zu den zugewiesenen Sammelpunkten“, sprach Kapitän Viktonsen.

„Was machen wir nun? Das Schiff wird evakuiert“, fragte Iso. Nach kurzem Überlegen rief Jenny: „Wir bleiben natürlich an Bord und werden verfolgen, was geschieht.“ Maxium und Frank nickten sofort mit dem Kopf.

Es dauerte nicht lange und da waren auch Bea und Ben damit einverstanden. Nun klopfte es an der Kabinentür. Es waren Franks Eltern. Sie hatten die Schwimmwesten schon angezogen und riefen nervös: „Kommt, wir müssen zu den Rettungsbooten.“

„Geht ihr schon mal voraus. Wir kommen nach, sobald wir unsere Schwimmwesten gefunden haben“, schwindelte Pommes.

„Ihr heckt doch nicht schon wieder einen Plan aus?“, wollte Frau Lot wissen.

„Natürlich nicht“, versuchten die Biker zu beruhigen.

„Komm, gehen wir. Sie werden schon nachkommen“, sagte Herr Lot und drängte seine Frau zum Gehen. Frau Lot hatte schon eine Ahnung, dass die Biker an Bord bleiben wollten, sagte aber nichts und ging mit ihrem Mann zum Sammelpunkt. Nach langem Schweigen rief Ben: „Werden die uns nicht suchen, wenn wir nicht bei den Rettungsbooten sind?“

„Du hast Recht. Wir müssen uns wo verstecken“, fiel Jenny ein.

„Wie wär’s unter der Decke in den Kabelschächten?“, hatte Pommes eine Idee.

Sofort stieg Ben auf das Bett und versuchte eine der Deckenplatten auf die Seite zu schieben.

Als er es geschafft hatte, murmelte er: „Platz genug wäre ja, aber ob die Zwischendecke uns trägt, ist eine andere Frage.“

„Versuch‘s doch mal“, ermutigte Bea ihn.

Iso stemmte sich hoch und kroch auf die Zwischendecke. Da er nun mit dem ganzen Gewicht auf der Decke lag, jubelte er: „Die hält uns sicher aus."

„Schnell, alle rauf. Sonst finden sie uns noch vorher", trieb Frank seine Kumpels an. Pommes und Iso halfen den Mädchen hinauf. „Ist zwar eng, aber sehr gemütlich. Fehlt nur noch das Frühstück", witzelte Girl. Auch Frank kam nun hinauf und schloss die Deckenplatte wieder. Es ging ein Rütteln durch das Schiff, als die Motoren stoppten, damit man die Rettungsboote zu Wasser lassen konnte.

„Wir haben angehalten", flüsterte Jenny.

„Still jetzt. Da kommt wer", flüsterte Girl, als sie hörte, dass jemand die Kabinentür öffnete.

„Ist hier noch jemand? Das Schiff wird evakuiert. Kommen Sie bitte", sprach der Matrose. Als sich niemand meldete und er auch keinen sah in der Kabine ging er wieder.

„Das hat gut funktioniert", lobte Iso.

Bei den Sammelpunkten wurde nun mit Hilfe der Passagierlisten überprüft, ob alle anwesend waren. „Die Passagiere von den Kabinen 8008 und 8010 fehlen noch. Sieh mal einer in den Kabinen nach, ob sie noch dort sind", bemerkte der Matrose beim Durchgehen der Liste.

„Die wollen wirklich an Bord bleiben. Die sind ja verrückt", flüsterte Frau Lot, die schon im Rettungsboot saß.

„Das sind wir von ihnen nun schon gewohnt“, flüsterte auch Herr Lot. Beide mussten lachen.

„Das ist das letzte Boot, das wir noch nicht zu Wasser gelassen haben und die Zeit drängt“, drängte Kapitän Viktonsen. Bald kam der Matrose, der zu den Kabinen gerannt war, zurück und berichtete: „Es war niemand in der Kabine, Kapitän.“

„Was? Wo können die denn nur sein?“, wollte der Kapitän wissen. Gerade als der Matrose antworten wollte, kam Onkel Karsten und fragte: „Sind noch immer nicht alle Boote im Wasser?“

„Es fehlen noch einige Kinder“, war die Antwort vom Matrosen.

„Ich kann mir schon vorstellen, wer hier fehlt. Kapitän, lassen Sie das letzte Boot zu Wasser“, wusste Onkel Karsten sofort, dass es sich nur um die Biker handeln konnte. „Wir können sie sicher noch gebrauchen“, fügte er noch hinzu.

Kapitän Viktonsen fühlte sich nicht wohl in seiner Haut und nach einer kurzen Verzögerung befahl er: „Sie als Sicherheitsoffizier müssen es ja wissen, was Sie machen. Okay, Männer, lasst das Boot zu Wasser. Es wird höchste Zeit.“ Sofort wurde der Befehl ausgeführt und das Boot wurde ins Wasser gelassen. „Gehen wir auf die Brücke und sehen uns an, was passiert, wenn wir in den Nebel gefahren sind“, sagte der Kapitän.

„Ich werde inzwischen die Kinder holen“, rief Onkel Karsten noch und war schon unterwegs zu den Kabinen der Biker. Der Kapitän ging kopfschüttelnd in Richtung Brücke. Er war nicht ganz damit einverstanden, dass die Biker an Bord blieben.

Da die Rettungsboote schnell im Wasser waren weil nur mehr etwa hundert Leute an Bord waren, gab es nach zehn Minuten wieder ein Rütteln und die Motoren wurden wieder angelassen. An Bord blieb nur das nötigste Personal. Das Schiff war nun nicht mehr weit vom Nebel entfernt. Kapitän Viktonsen blieb auf Kurs, denn er wollte sehen, was sich tatsächlich im Nebel befindet.

„Wir fahren wieder. Kommt, wir klettern wieder hinunter“, wisperte Pommes. Vorsichtig schob er die Deckenplatte wieder auf die Seite. Bevor er hinunterkletterte, guckte er noch, ob jemand im Raum war. Als er sich sicher war, dass niemand hier war, ließ er sich ins Bett fallen. Nacheinander kamen auch Zottel, Maxium, Golden und Iso hinunter. Gerade, als alle unten waren, klopfte es wieder an der Kabinentür. „Was machen wir denn jetzt?“, wollte Iso wissen.

„Ich bin’s, Onkel Karsten. Ich weiß, dass ihr noch hier seid“, hörten sie eine bekannte Stimme vor der Tür. Frank ging zur Tür und öffnete sie. „Hab ich’s doch gewusst, dass ihr hier geblieben seid“, schmunzelte Herr Karsten.

„Wir wollen euch helfen, das Geheimnis zu lüften“, rief Iso.

„Das glaube ich euch gerne, darum hab ich mit dem Kapitän gesprochen und er ist einverstanden damit“, hatte Herr Karsten eine freudige Nachricht.

„Dann dürfen wir auch auf die Brücke?“, konnte es Golden gar nicht glauben.

„Ja, ich bringe euch gleich hin. Kommt“, bestätigte er. Schnell sprangen die Biker von den Betten hoch und folgten Herrn Karsten auf die Brücke. „Das ist ja wirklich unheimlich, wenn es hier so still ist“, zitterte Girl ein wenig. Es war eine unheimliche Stille, die in den langen Gängen herrschte. Nur leise konnte man die Motoren hören.

Auf der Brücke angekommen, wurden sie bereits vom Kapitän erwartet. „Ihr seid also diese Biker! Man hat mir schon viel über euch erzählt. Ich begrüße euch auf ...“, sprach Kapitän Viktonsen, bevor er unterbrochen wurde. „Kapitän, sehen Sie nur. Wir kommen jetzt in den Nebel“, rief ein Matrose mit zittriger Stimme.

„Jetzt werden wir bald erfahren, was mit den anderen Schiffen geschehen ist“, bemerkte Frank.

Im Nebel

Alle auf der Brücke starrten in die Nebelsuppe. Herr Viktonsen suchte die Umgebung mit dem Fernglas ab, aber legte es bald auf den Tisch und fluchte: „Was ist das nur für ein Nebel? Ich kann nicht einmal mehr den Bug unseres Schiffes sehen.“

Bea ging hinaus ins Freie und in Richtung Heck. Vorsichtig tastete sie sich an der Reling entlang. Der Nebel war so dicht, dass man nicht einmal seine eigene Hand sah. Plötzlich stach ihr ein komischer Geruch in die Nase. „Was riecht denn hier so komisch“, dachte Zottel. Pommes ging auch hinaus und schlug dieselbe Richtung wie Bea ein. Jetzt bemerkte auch er den Gestank. „Was riecht denn da so komisch?“ , fragte auch er sich.

„Ich habe da so einen Verdacht“, hörte er Bea, die nicht weit weg zu sein schien. Frank ging vorsichtig ein Stück vorwärts. „Au“, schrie Zottel auf, als Pommes ihr auf den linken Fuß gestiegen war. „Ach, hier bist du also und ich dachte schon, du wärst von Bord gesprungen“, witzelte Frank.

Zottel schnaufte: „Das find ich überhaupt nicht komisch.“

„Was hast du für einen Verdacht?“, war Frank gespannt.

„Riecht der Nebel nicht so wie der von der Disco?“, wollte Bea wissen. Pommes überlegte kurz und bestätigte: „Du hast Recht. Das ist kein natürlicher Nebel."

„Der Rauch muss von einer Maschine erzeugt werden. Das heißt, dass keine Geister am Werk sind oder sonstige Ungeheuer", war Zottel froh.

Frank kam ein Lächeln über die Lippen und er neckte: „Das hast du doch nicht geglaubt. Ich meine, das mit den Geistern."

„Hahaha, das ist ja sehr witzig", grunzte Bea. „Gehen wir wieder zu den anderen. Bei dem Nebel ist es zu gefährlich, weiterzugehen", wurde Frank wieder ernst. Gerade als sich Frank umgedreht hatte, gab es einen heftigen Ruck, der das Schiff erschütterte. Bea konnte sich nicht mehr halten und stürzte über die Reling.

„Ah, ich stürzte ab", schrie Zottel. Pommes wurde bleich im Gesicht und schaute sofort über die Reling. Zum Glück hatte sich ein Band von Beas Jacke an einem Haken verfangen.

„Halte durch, ich rette dich", versuchte Frank zu beruhigen. Er wirbelte so schnell herum, dass er auf dem Boden ausrutschte, nach hinten auf den Kopf fiel und bewusstlos liegen blieb.

„Das ist ja unheimlich. Was wird jetzt wohl passieren?", hätte Ben gerne gewusst. Jenny und Girl beobachteten sehr genau die Umgebung vor dem Schiff. „Jetzt ist der Funk ausgefallen und auch der Kompass spielt verrückt. O mein Gott, jetzt spinnen alle Instrumente", schrie einer der Matrosen. Kapitän Viktonsen griff sich auf den kahlen Kopf und rief mit gesenkter Stimme: „Jetzt sind auch wir verloren. Wir wissen jetzt nicht einmal mehr, in welche Richtung wir fahren. Wenigstens haben wir alle Passagiere in Sicherheit bringen können. Ich hoffe nur, man findet sie schnell."

Der Nebel lichtete sich etwas und plötzlich sahen Golden und Maxium, dass vor dem Bug etwas aufgetaucht war. „Ich glaube Sie haben Recht. Stoppen Sie sofort die Motoren und steuern Sie nach rechts", schrie Jenny plötzlich.

„Was ist los? Verdammt, was ist da vor uns?", schrie nun auch Girl.

Kapitän Viktonsen drehte sich um, und starrte auf eine braune Wand, die am Bug des Schiffes zu sehen war. „Maschinen volle Kraft zurück!", schrie der Kapitän . Sofort wurde der Befehl ausgeführt. Das Schiff stoppte so abrupt, dass Girl und Jenny auf den Boden fielen. Herr Karsten und der Kapitän konnten sich gerade noch auf den Beinen halten und Iso wurde auf die Armaturen des Schiffs geschleudert. „Wir fahren ja immer noch vorwärts. Wir werden dagegen krachen!", war der Kapitän verzweifelt.

„Habt ihr den Hilferuf gehört? Wo sind eigentlich Zottel und Pommes?", raffte sich Iso wieder auf.

„Sie sind nach draußen gegangen", fiel Jenny ein. Nachdem sie Girl auf die Beine geholfen hatten, liefen sie sofort hinaus. Da der Nebel noch immer dicht war, wussten sie nicht, wohin sie gehen sollten.

„Wo seid ihr? Antwortet doch!“, versuchte Ben sie zu finden.

„Sei mal still. Ich glaube ich habe etwas gehört“, sagte Golden. Nun waren alle still und nun konnte man Bea hören. „Hilfe, helft mir doch“, wimmerte Zottel.

„Das kam vom Heck“, rief Girl. Schnell rannten sie Richtung Heck und stolperten beinahe über Frank, der plötzlich vor ihnen auf den Boden lag.

„Hier bin ich. Holt mich endlich rauf“, wurde Zottel schon ungeduldig.

„Kümmere du dich um Frank. Ben und ich werden Bea helfen“, befahl Girl.

„Wird gemacht“, bestätigte Jenny. Girl und Ben kamen gerade noch rechtzeitig und erwischten Zottels Jacke, bevor sich das Band löste.

„Zieh, Maxium, zieh“, rief Iso und Girl nickte. Pommes kam langsam wieder zu sich und versuchte mit Hilfe von Jenny aufzustehen.

„Geht’s?“, wollte Golden wissen.

„Jaja, aber was ist mit Bea?“, wollte er wissen.

„Ich bin okay. Nichts passiert. Danke, Leute“, meldete sich Bea gleich.

„Kommt lieber wieder mit auf die Brücke“, schlug Ben vor.

„Machen wir, aber warum wurde das Schiff so durchgerüttelt?“, wollte Frank erfahren.

„Wir haben den Rückwärtsgang eingelegt“, gab Girl als Antwort.

„Kommt schnell, das musst ihr euch ansehen“, hörten die Biker Onkel Karstens Stimme aus der Brücke. Auf der Brücke starrten der Kapitän, die Matrosen und Onkel Karsten aus den Fenstern auf den Bug des Schiffes. Der Nebel hatte sich weiter gelichtet und nun konnte man es genau sehen. Vor dem Bug befand sich eine braune felsige Wand, bei der sich ein Spalt öffnete, als wollte es die Delphine Renaissance verschlucken.

„Verdammt, wir werden verschluckt“, war Herr Viktonsen mit den Nerven am Ende. Die Biker starrten nun auch auf das braune Ungetüm vor dem Schiff.

„Es ist zum Verzweifeln. Immer wenn ich versuche das Schiff in eine andere Richtung zu steuern, folgt mir dieses Gebilde“, jammerte der Matrose.

„Habt ihr so was schon mal gesehen?“, staunte Jenny. Der Rest der Bande verneinte. Langsam wurde die Delphine Renaissance von dem Berg verschluckt. Es wurde immer dunkler und das Schiff ließ sich nicht mehr steuern. Wie von Geisterhand gesteuert verschwand das Schiff im inneren des Gebildes. Hinter ihnen wurde das Tor wieder geschlossen und das Schiff trieb in eine dunkle Halle. „Verstecken wir uns lieber“, riet Iso seinen Kumpels. Herr Karsten und der Kapitän nickten. Bevor sich die Biker aber verstecken konnten, gingen in der Halle die Lichter an.

„Wow, seht euch mal die Größe an. Man kann beinahe nicht das andere Ende sehen“, staunte Jenny nicht schlecht. Die Halle war einen Kilometer lang, zweihundert Meter breit und vierzig Meter hoch. Im Inneren waren Anlegestellen für vier Schiffe und an den Wänden entlang liefen Stege, die alles miteinander verbanden. Die Wände schienen aus Gestein zu bestehen. „Und da sind die verschwundenen Schiffe“, zeigte Frank.

„Schnell, wir müssen uns verstecken. Gefangen nützen wir nichts“, trieb Girl. Die Biker liefen zum Aufenthaltsraum hinter der Brücke und versteckten sich wieder in der Zwischendecke. Es gab einen sanften Ruck und nun stand das Schiff still.

„Kommen Sie mit erhobenen Händen von Bord! Wenn Sie tun, was ich sage, geschieht Ihnen nichts!“, hörten sie eine Stimme rufen. Nach einigen Sekunden hörten sie wieder die Stimme: „Was ist denn hier los? Wo sind den die ganzen Passagiere? Los, Männer, sucht sofort das Schiff ab. Das kann nicht sein, dass keine Menschen an Bord sind.“

„Hoffentlich finden die uns hier nicht“, wisperte Girl, die auf Ben lag.

„Die sind sicher nicht so schlau und schauen auch in den Zwischendecken nach“, stöhnte Iso.

„Seid jetzt endlich leise. Wir wollen ihnen doch keinen Grund geben, doch nachzusehen“, mahnte Pommes. Schon war es mucksmäuschenstill. Das Schiff wurde von zwei Dutzend Männern durchsucht. Da sie nicht gerade leise waren, konnte man sie gut hören. Nach einer guten Stunde gingen sie wieder von Bord und gleich darauf hörte man wieder Flüche: „Verdammt. Die haben die Passagiere von Bord gebracht. Wir müssen sie finden, bevor ein Schiff sie aufnimmt. Sucht sie gefälligst.“

„Ich vermute, wir können jetzt wieder herunter“, war Iso schon froh, endlich wieder aufstehen zu können, denn Maxium war nicht gerade leicht.

„Zuerst müssen wir mal erkunden, wo wir uns hier befinden“, war Pommes schon wieder am grübeln.

„Genau, vielleicht können wir auch Hilfe holen“, flüsterte Golden.

„Das denke ich auch, aber wir wissen ja nicht, wo im Meer wir gerade sind“, überlegte Zottel.

„Spürt ihr das auch?“, sagte Ben.

Pommes spürte es auch und vermutete: „Wir fahren wieder.“

„Aber das Schiff steht ja. Dann muss sich das ganze Ding bewegen“, war Bea ein wenig verunsichert.

„Wenn dieses Ding, was immer es auch ist, selbst fährt, hat es sicher eine Kommandozentrale. Die müssen wir finden und versuchen, Hilfe zu holen“, meinte Pommes.

„Am besten, wir teilen uns auf. Frank, du gehst mit Jenny und Bea. Ich werde mit Girl zusammen gehen“, informierte Iso.

„Okay, super. Wir nehmen die rechte Seite“, jauchzte Girl und schlich los.

„Warte doch auf mich“, hielt Ben Girl zurück. Schon waren beide vom Schiff gerannt und waren auch sofort verschwunden.

„Machen wir uns auch auf den Weg. Wir müssen aber vorsichtig sein“, rief Bea. Pommes rollte seine Augen und spottete: „Natürlich sind wir vorsichtig. Nicht, dass wir noch erwischt werden. Das wäre ja katastrophal.“

Geschwind gingen sie nun auch von Bord und schlichen den Steg entlang, bis sie an der Wand der Halle angelangt waren. An der Wand konnten sie unbemerkt entlang gehen, denn sie lag im Dunkeln.

Im Berg

Nach etwa zehn Metern kamen sie beim nächsten Schiff vorbei. Jenny runzelte die Stirn, als sie auf die Stelle sah, wo normalerweise der Name des Schiffes zu lesen war. „Seht euch das einmal an. Das Schiff hat keinen Namen. Das ist doch sehr ungewöhnlich, oder nicht?“, vermutete Golden.

Auch die anderen blickten auf das Schiff und Bea ging ein Stück weiter, um die linke Seite des Schiffes sehen zu können. „Hier kann man noch die Hälfte des Namens lesen“, wisperte Zottel.

Schnell kamen Jenny und Frank zu Bea. „...antic…, kann man noch lesen“, las Jenny.

Nach kurzem Grübeln wusste es Pommes: „Das ist die Costa Romantica. Eines der Schiffe, das verschwunden ist.“

„Bist du dir wirklich sicher?“, wollte Zottel wissen.

„Warum machen die das?“, versuchte es Jenny zu verstehen.

Frank ging noch ein Stück nach vor und sagte: „Keine Ahnung, aber wir werden es herausfinden.“

Gerade als die drei weitergehen wollten, ertönte aus den Lautsprechern ein lautes Hupen. Nun waren an Bord des Schiffes Stimmen zu hören, die auf den Bug zukamen. Zottel reagierte als erste: „Schnell, hinter die Kiste.“

Als sich alle hinter der Kiste versteckt hatten, beobachteten sie den Bug des Schiffes. Es wurde eine Strickleiter heruntergelassen und gleich darauf stieg eine Frau, die ein schwarzes Abendkleid angezogen hatte, die Leiter hinunter. Sie hatte einen Pinsel und einen Farbeimer dabei. Jetzt wurde auch der Rest des Namens übermalt.

„Ist das einer der Passagiere?“, murmelte Jenny.

„Vermutlich schon oder würdest du im Abendkleid etwas streichen?“, witzelte Pommes.

Über der Frau waren bewaffnete Männer zu sehen, die auch immer mal etwas zu der Frau riefen. Die Biker konnten es aber nicht verstehen, da es zu laut war. „Was ist denn jetzt los? Man kann ja nicht einmal mehr sein eigenes Wort verstehen“, merkte Zottel. Überall liefen Frauen und Männer, die alle Kleider und Anzüge angezogen hatten, mit Werkzeug herum. Zwischendrin waren auch Kinder zu sehen, die Farbkübel hin und her schleppten und von Bewachern angetrieben wurden. Von den Schiffen sprühten Funken von den Schneid- und Schweißarbeiten weg.

„Seht euch einmal das da drüben an“, zeigte Frank nach rechts. Fast an der Decke war ein hell erleuchtetes Gebilde.

„Das wird die Kommandozentrale sein“, vermutete Jenny. Bea bestätigte: „Da könntest du recht haben. Aber wie kommen wir da rauf? Hier wimmelt es nur so von Wachen.“

Und zu allem Pech stand genau vor der Kiste einer. Eine Zugmaschine mit drei Anhängern näherte sich der Kiste und blieb genau davor stehen. Der Fahrer begann ein Gespräch mit dem Wachmann und da hatte Zottel eine Idee: „Verstecken wir uns doch in den Anhängern."

„Bist du dir sicher, dass der uns zur Zentrale bringt?", wollte Pommes wissen. Bea sagte nichts, sondern zeigte auf den dritten Wagen. Eine Computer-Tastatur ragte unter der Plane hervor. „Nun kommt doch endlich. Im ersten Wagen ist genug Platz für uns alle", drängte Golden, die schon unter der Plane hervorguckte. Gerade noch rechtzeitig waren die drei im Wagen verschwunden, denn der Fahrer gab wieder Gas.

„Verdammt, ich habe das Gefühl, dass wir in die falsche Richtung fahren", fiel Pommes plötzlich ein. Tatsächlich fuhr die Zugmaschine in die entgegengesetzte Richtung. Die Fahrt war sehr ungemütlich, darum waren sie froh, als er wieder anhielt. Plötzlich hörten sie Schritte näher kommen und die Plane wurde ein Stück aufgerissen. Die Biker trauten sich nicht zu atmen und hofften, dass die Plane nicht weiter angehoben wurde. Es wurde eine Rolle mit Kabeln auf den Wagen geworfen und beinahe hätte Golden vor Schmerzen aufgeschrien, denn die Rolle landete genau auf ihrem Rücken, aber sie konnte sich zurückhalten.

„Reiß die Plane runter. Wir müssen noch drei Computer aufladen“, hörten die geschockten Biker.

„Was machen wir jetzt? Wir sitzen in der Falle“, flüsterte Jenny. Da griff auch schon eine Hand unter die Plane und wollte sie runterreißen. „Wir haben die Passagiere gefunden und es kommt ein weiteres Schiff. Macht die Gefangenen bereit. Es wird bald bei uns sein“, hörten sie wieder die Stimme. Sofort wurde die Plane wieder gesenkt und man konnte die sich entfernenden Schritte hören. Jetzt wagte es Frank, unter der Plane hervorzuschauen, und ließ seine Augen durch den Raum schweifen. Sein Blick fiel sofort auf die Rettungsboote, von denen die Passagiere gerade an Bord der Delphin Renaissance gebracht wurden, und flüsterte: „Meine Eltern und die anderen Passagiere werden auf das Schiff zurückgebracht und es wird langsam wieder finster.“

„Das ist unsere Chance, zu verschwinden“, stöhnte Jenny, der noch immer der Rücken schmerzte. Bea kritisierte: „Im Dunkeln? Wir kennen uns hier doch gar nicht aus!“

„Jenny hat Recht. Wir werden uns an der Wand entlang schleichen, bis wir beim Kontrollzentrum sind. Die Dunkelheit ist unser Schutz“, gab Pommes Golden recht. Nicht lange und auch Zottel war einverstanden und so krochen sie einer nach dem anderen unter der Plane hervor und richteten sich an der Wand auf. „Es ist schon stockdunkel. Kommt, wir versuchen es“, raunte Bea und ging los.

Girl und Ben marschierten den Steg hinunter und gingen dann die Mauer entlang. „Bist du sicher, dass wir hier richtig sind? Es wird hier immer dunkler“, wollte Iso wissen.

„Keine Ahnung, aber sieh mal nach vorne“, antwortete Maxium. Nicht weit vor ihnen befand sich eine Tür. Gerade als Ben etwas sagen wollte, griff ihm von hinten jemand auf die Schultern und er wirbelte herum, dass er dabei beinahe Girl niedergeschlagen hätte. „Nicht so stürmisch. Was macht ihr denn hier?“, wollte Mirna wissen.

Maxium und Iso waren verdutzt, als sie die Klausen-Zwillinge sahen, und Girl wollte wissen: „Wie kommt ihr denn daher? Seid ihr nicht in die Rettungsboote gestiegen?“

„Nein, wir sind gerade mit dem Lift gefahren, als das Signal zur Evakuierung kam. Der Lift ist stehen geblieben und wir waren darin eingesperrt“, erzählte Mia und Mirna fügte noch hinzu: „Auch als der Lift weiterfuhr, versteckten wir uns darin und sind erst jetzt wieder herausgekommen.“

Erstaunt hatten die zwei Biker zugehört. „Weshalb habt ihr euch den versteckt?“, wollte Iso wissen.

„Wir haben gedacht, dass es sicher spannend wird. Ihr als Detektive lasst euch doch so etwas nicht entgehen“, lächelte Mia.

„Habt ihr vielleicht eine Ahnung, wo wir hier sind?“, fragte Maxium.

„Nein, keine Ahnung. Wir können euch doch helfen“, plapperte Mirna.

Plötzlich kam ein lautes Hupen aus den Lautsprechern und es kam Leben in den Raum. „Was ist denn jetzt los?“, hätte Girl gerne gewusst.

„Da, Männer mit Waffen. Was machen wir jetzt? Lasst uns lieber verschwinden“, schlug Mia vor. Sie hatte damit gar nicht so unrecht, denn drei Männer mit Waffen gingen vom Steg, an dem die Delphin Renaissance stand, und kamen auf die vier zu. Ben blickte sich um und befahl: „Wir gehen durch die Tür und seid bitte leise.“

Gesagt und getan. Iso öffnete vorsichtig die Tür, um zu sehen, was sich dahinter befand, und ging hindurch. Die Tür war zum Glück nicht abgeschlossen und der Rest folgte Ben, und Girl, die als letztes ging, schloss vorsichtig die Tür hinter sich. Als die Tür beim Zumachen aber quietschte, erschraken die Zwillinge und wollten weglaufen. Nur mit Mühe konnte Ben sie zurückhalten.

„Die haben das sicher nicht gehört. Sonst hätten sie schon geschossen“, wollte Girl die anderen aufmuntern.

„Was? Auf uns schießen? Das ist ja furchtbar“, jammerte Mirna.

„Nur mit der Ruhe, das war nur ein Spaß“, versuchte Iso zu beruhigen. Als sie sich ein wenig beruhigt hatten, sahen sich alle vier um.

„Ich glaube, wir sind hier im Maschinenraum. Ist ja riesengroß“, staunte Maxium.

„Bist du dir sicher, dass das der Maschinenraum ist? Seht doch mal da hinunter“, glaubte es Iso nicht ganz. Gleich hinter der Tür befand sich eine Stiege, an deren Ende ein Podest war, auf dem eine schwarze Kugel befestigt war, die sich immer im Kreis bewegte. Auch der gesamte übrige Raum war rund und weiß ausgekleidet. Um den ganzen Raum verlief auf der oberen Seite ein Steg, von dem aus man durch Bullaugen auf‘s Meer schauen konnte. Das Licht von den zahlreichen Scheinwerfern blendete den Bikern und den Zwillingen in den Augen.

„Was ist das für ein Raum?“, murmelte Mia. Girl und Ben beachteten sie gar nicht, sondern gingen die Stiege hinunter und betrachteten die Kugel genau. „Was ist das denn für ein Material? Aus Eisen ist sie nicht“, grübelte Ben.

„Das ist ein Gestein. Fühl mal“, sagte Maxium. Sie hatte die Kugel angefasst und spürte, dass die Oberfläche sehr glatt war. Auch Iso fasste die Kugel an, als Mia rief: „Kommt schnell rauf. Das musst ihr euch ansehen.“ Mia stand an einem der

Bullaugen und blickte auf das Meer. Sofort liefen Girl und Ben die Stiege hinauf und blickten ebenfalls aus einem der zahlreichen Bullaugen. Was sie da sahen, machte sie nicht gerade glücklich. Auf dem Meer fuhr eine Jacht, auf der es von bewaffneten Männern nur so wimmelte, und am Heck waren die Rettungsboote der Delphin Renaissance angekettet. Die Passagiere saßen noch immer in den Booten und wurden durch die Wellen, die die Jacht machte, hin und her geschüttelt. Einige ließen den Kopf schon über die Boote hängen und waren seekrank.

„Verdammt, die haben sie gefunden. Warum nur?“, war Mirna den Tränen nahe.

„Wir werden sie schon retten, versprochen, aber noch weiß ich nicht wie“, war Girl auch verzweifelt.

„Was ist denn jetzt los? Es kommt wieder der Nebel“, flüsterte Mia, die noch immer aus dem Bullauge sah.

„Tatsächlich, es wird wieder nebelig. Ich hoffe, dass sie nicht noch ein Schiff erwischen“, hoffte Iso und wollte wieder zu der Kugel gehen. Die drehte sich plötzlich schneller und schneller und Ben wurde ganz schwindelig, als er auf die Kugel starrte. Maxium bemerkte das und rannte die Stiege hinunter und zog Ben weg. Durch die Drehung der Kugel wurden die Scheinwerfer schwächer und schwächer, bis sie ganz ausfielen und nur mehr Licht durch die Bullaugen kam. „Was ist denn jetzt wieder los?“, stolperten Mia und Mirna die Stiege hinunter und waren nicht gerade leise, bis sie bei Girl und Ben waren. „Macht nicht so einen Lärm. Kommt lieber mit rauf, vielleicht können wir ein Schiff sehen und warnen“, zögerte Maxium nicht lange und tastete sich vorsichtig nach oben. Iso nahm Mirna und Mia an der Hand und tastete sich ebenfalls hoch.

„Ich sehe überhaupt nichts“, klagte Girl.

„Auch wenn wir sie warnen, sie können nichts mehr machen. Der Funk ist ausgefallen und ausweichen ist auch unmöglich“, wurde Iso etwas missmutig.

„Dann können wir nur hoffen, dass Golden, Zottel und Pommes Hilfe holen können“, sagte Maxium mit leiser Stimme. Ben ging wieder zur Tür, öffnete sie einen Spalt und blickte sich um. Viel konnte er nicht sehen, denn es war dunkel, bis sich die riesigen Eingangstore öffneten und wieder ein Schiff hindurch fuhr. Durch das einfallende Licht von draußen konnte er das Schiff genau sehen, aber den Namen konnte er trotzdem nicht lesen. Ihm fiel nur eine Tür auf, die sich ganz rechts neben den Eingangstoren befand.

„Ich werde da mal was untersuchen. Bin gleich zurück. Wartet ihr hier“, flüsterte Iso und war schon fort. An der Tür angekommen, blickte er zuerst durch das Schlüsselloch. Zum Glück steckte kein Schlüssel darin und so konnte er durchsehen. „Wow, das muss der Maschinenraum sein“, pfiff Iso. Aber er erschrak, als er ein Maschinengewehr sah, und er ging langsam wieder zurück. Er holte die Zwillinge und Girl. Ben erklärte kurz, was er vorhatte: „Dort drin befindet sich der Maschinenraum. Vielleicht können wir etwas manipulieren, sodass wir wenigstens nicht mehr fahren. Es gibt allerdings einen winzigen Haken an der Sache.“

„Mach‘s nicht so spannend. Was für einen Haken?“, forschte Girl nach.

„Wir müssen zwei bewaffnete Männer ausschalten“, verriet Iso.

Mia und Mirna sahen sich an und begannen zu zittern. Ben sah das und bat: „Ihr müsst uns helfen. Mit zwei Wachen werden wir nicht fertig, aber zu viert schaffen wir sie ganz bestimmt.“ Mirna hatte sich als erste wieder gefasst und sagte: „Okay, was sollen wir tun?“

Bevor Ben etwas sagen konnte wurde Mirna von hinten auf den Rücken geklopft.

„Was macht ihr den hier? Ich kenne euch doch. Ihr wart auf der Brücke,“ musterte ein Matrose der Delphin Renaissance die Vier.

„Ja, sie haben Recht. Wir waren auf der Delphin Renaissance. Konntet ihr entkommen?“, blickte Ben noch etwas erschrocken auf die Beiden Matrosen.

„Ja, konnten wir. Mein Name ist Walter und das hier ist Markus. Wir wollten unseren Kapitän befreien aber es waren zu viele Bewacher auf dem Schiff. Wir wollten uns mal umschauen und es danach noch mal versuchen“, verriet dieser Ben. Maxium Girl sah Ben an und sagte: „Zuerst könnten sie ja uns helfen die Wachen auszuschalten. Wir würden das alleine nicht schaffen.“

„Okay. Wir helfen euch. Ihr müsst uns nur erklären was ihr machen wollt,“ bot Markus Hilfe an. „Wir werden sie hinaus locken und danach überwältigen wir sie,“ erklärte Ben den Plan.

Walter musterte Iso und meinte: „Haben die Waffen? Dann müssen wir das aber vorsichtig machen sonst könnte jemand verletzt werden wenn sich ein Schuss löst.“ Maxium und Iso waren sich der Gefahr bewusst und überlegten noch kurz ob es eine andere Möglichkeit gab.

„Wir haben nicht mehr Zeit. Machen wir es einfach,“ wusste Girl keinen anderen Weg. Markus sah nun Walter an und Beide krempelten die Ärmeln hoch. „Seid ihr bereit?“, grunzte Iso und alle nickten. Vorsichtig schlichen sie vor zur Tür und da fiel auch den Mädchen das Schiff auf, das gerade wieder durch die Tore gekommen war. „Verdammt, wieder ein Schiff. Wir haben nun wirklich keine Zeit mehr“, konnte es Maxium immer noch nicht fassen.

„Ich mache die Tür jetzt auf", flüsterte Ben. Als die Mädchen nickten, riss er die Tür einen Spalt auf. Gespannt hörten alle, ob die Männer näher kamen. Es funktionierte tatsächlich und die Männer kamen näher. Die Tür wurde nun ganz aufgestoßen und das war der Moment zum Zuschlagen.

Der Kontrollraum

Vorsichtig tasteten sich Bea, Jenny und Frank vorwärts und kamen bis zu einer Mauernische. „Stopp, da drin steht einer“, nuschelte Zottel, denn in der Nische war ein Bullauge, deshalb kam Licht von außen herein und so konnte Bea den Schatten des Kerls sehen.

„Da habe ich eine Idee“, blinzelte Golden mit den Augen. Sie pfiff und so kam der Typ aus der Nische. Jenny stellte ihr rechtes Bein nach vor und schon stolperte der Typ darüber. Da es dunkel war hatte dieser den Fuß nicht bemerkt. Er fiel zu Boden. Jenny drehte sich zu den anderen und lächelte: „Alles erledigt. Der Typ liegt am Boden und schläft wie ein Baby.“

„Ich werde mal sehen, ob mir die Sachen von dem Typen passen“, wisperte Pommes. Er hatte Glück, denn der Kerl war nicht viel größer als er selbst und so zog er die Klamotten an. „So, fertig. Fehlt nur noch der falsche Bart und schon kann’s losgehen“, redete Frank mit hoher Stimme. Noch an Bord des Schiffes hatte er sich ein paar Bärte in seine Tasche gesteckt und so konnte er sich jetzt einen aufkleben. „Toll siehst du aus. So weit ich das überhaupt sehen kann“, schmunzelte Bea.

„Nicht trödeln, gehen wir weiter“, drängte Jenny.

„Was machen wir mit ihm? Wir können ihn doch nicht hier liegen lassen. Da wissen sie ja gleich, dass wir hier sind“, geriet Zottel in Panik.

„In den Anhänger mit ihm“, hatte Golden die rettende Idee. Vor der Nische parkte nämlich ein Anhänger, der auch mit einer Plane abgedeckt war. Die drei fesselten den Mann mit Kabeln und steckten ihm einen Putzlappen in den Mund. Es war nicht leicht, in der Dunkelheit zu arbeiten, aber da die Biker in solchen Sachen schon Übung hatten, ging das ganz rasch vor sich. Nach getaner Arbeit hoffte Pommes: „Hoffentlich finden sie ihn nicht gleich.“

„Gehen wir nun endlich weiter?“, wollte Bea wissen. Pommes verdrehte die Augen und schmunzelte: „Bevor wir hier Wurzeln schlagen, gehen wir natürlich weiter.“

Als Golden das Gesicht von Bea sah, musste sie beinahe loslachen, konnte sich aber zurückhalten. Nachdem Frank noch das Maschinengewehr umgehängt hatte, marschierten sie weiter Richtung Kontrollraum, der nicht mehr weit entfernt war. Nach etwa zwei Minuten waren sie dort angekommen. Der Raum befand sich etwa dreißig Meter über dem Boden und ragte gute zehn Meter in den Raum hinein. Es gab keine sichtbare Möglichkeit, nach oben zu kommen. „Nichts zu sehen, Wie kommt man nur da rauf?“, grübelte Zottel.

Plötzlich gab es eine Erschütterung und die Tore öffneten sich. Wieder kam ein Schiff hindurch und wurde neben der Delphin Renaissance vertaut. „Jetzt haben sie noch ein Schiff in ihrer Gewalt. Wir müssen endlich einmal Hilfe holen“, klagte Bea. Gerade als sie weitersuchen wollten, ging das Licht wieder an. Diesmal gab es keine Deckung in der Nähe, und so konnte man die drei genau sehen. „Was nun?“, wusste Zottel nicht mehr weiter. Zur Antwort kam es nicht, denn ein leises Surren war zu hören und genau hinter den Bikern gingen zwei Türen auf, und es kamen Wachmänner heraus. Hinter denen tauchte ein hundert Kilo schwerer Mann mit kahl geschorenem Kopf auf. „Das Schiff ist hier. Seht zu, dass die Kinder wieder an die Arbeit gehen. Wir müssen noch heute fertig werden. Also hopp, hopp“, redete der dicke Kerl mit Frank. „Jawohl, Boss. Befehl wird ausgeführt“, rief Pommes mit tiefer Stimme.

„Das will ich auch hoffen“, schnauzte der Mann Frank an, machte eine Drehung nach links, und verlor dabei etwas, das aussah wie eine Kreditkarte.

„Geht wieder an die Arbeit!“, schrie Frank Bea und Jenny an. Der Mann beachtete die Szene nicht weiter, sondern marschierte zu dem neu angekommenen Schiff. Pommes wartete noch, bückte sich, hob die Karte auf und las vor: „Sicherheitsausweis von Marko Boss. Streng vertraulich.“

„Das könnte die Zugangskarte zum Kontrollraum sein“, schoss es Bea durch den Kopf.

„Versuchen können wir es ja mal. Mehr als funktionieren kann es eh nicht“, war Jenny gespannt. Noch einmal blickte Frank sich um, dann ging er zu den Türen, die man fast nicht sehen konnte. Auf der rechten Seite befand sich ein Schlitz und er versuchte die Karte hineinzuschieben, aber es geschah nichts. Er zog sie wieder hinaus, drehte sie um und schob sie wieder hinein und tatsächlich ließen sich die Türen öffnen. „Darf ich bitten?“, scherzte er wieder einmal.

Bea und Jenny kamen und stiegen schnell in den Lift und Pommes drückte auf den Knopf, damit der Lift sich bewegte. Nach kurzer Fahrt, kamen sie oben an und stiegen aus. „Was ist denn das hier?“, staunte Jenny nicht schlecht.

Der Raum war etwa fünfzehn Meter lang und zehn Meter breit. In der Mitte des Raums stand ein Tisch, auf dem fünf riesige Bildschirme standen. Die Wände konnte man nicht sehen, denn die Rechner standen davor. An der Rückwand war noch eine Tür und die Vorderwand war total aus Glas, damit man den ganzen unteren Raum mit den Schiffen beobachten konnte. „So einen Rechner habe ich noch nie gesehen. Er füllt den ganzen Raum aus“, traute Pommes seinen Augen nicht.

Zottel musste ihre Augen schließen und wieder öffnen, um das glauben zu können, und rief: „Jetzt sehen wir mal, ob wir etwas finden, um Hilfe zu holen.“

Golden ging an die Scheiben und schaute zu den Schiffen. Ganz am anderen Ende glaubte sie, Ben und Girl zu sehen. „Wer ist denn da noch dabei?“, dachte sie sich, denn sie sah vier Personen, die gerade durch eine Tür verschwunden waren.

Inzwischen hatte sich Pommes an den Tisch gesetzt und blickte auf die Monitore. Einer interessierte ihn besonders, denn auf ihm sah man eine Landkarte, auf denen einige Punkte im Meer blinkten. Die Tür am Ende des Raumes interessierte Zottel. Bei dieser angekommen, versuchte sie langsam, die Klinke herunterzudrücken, und freute sich, dass nicht abgeschlossen war, und öffnete sie. Hinter der Tür befand sich nur eine Wendeltreppe, die in die Tiefe führte. „Da geht’s aber weit hinunter“, dachte sich Bea.

Als sie die Tür wieder schloss, rief Frank: „Kommt alle mal her, ich habe etwas entdeckt.“ Jenny und Bea gingen zu Frank und blickten auf den Bildschirm. „Seht ihr die blinkenden Punkte? Das sind alles Schiffe, die sich gerade auf dem Meer befinden. Sie haben alle eine Nummer. Unser Schiff war die drei“, hatte Pommes entdeckt.

Nach genauer Betrachtung der Punkte meinte Zottel: „Der will ja noch vier weitere Schiffe einsacken. Wofür benötigt er die ganzen Schiffe?“

„Weiß nicht, aber ich denke, er bringt sie alle nach Alaska“, zeigte Golden auf einen rot blinkenden Punkt an der Küste Alaskas. Erstaunt von der Erkenntnis sahen sie auf einen anderen Monitor und da sah es Bea: „Das ist die Rute, die wir fahren. Wir bewegen uns nach Alaska.“

„Dort ist es sicher kalt und ich habe keinen Pullover dabei“, witzelte Pommes.

Da fiel Jenny wieder ein: „Ich habe Girl und Ben gesehen. Sie waren am anderen Ende der Halle und es waren noch zwei Kinder dabei.“

„Bist du dir sicher? Wer könnte das denn sein?“, wollte Zottel wissen.

„Die einzigen Kinder, die außer uns an Bord waren, sind die Zwillinge“, wusste Frank.

Verdutzt wollte Jenny wissen: „Haben sie sich auch versteckt wie wir?“

Pommes, der heute wieder besonders witzig war, rief: „Eher ist es so, dass sie unserem Schiff hinterher geschwommen sind.“

„Sehr witzig. Möchte nur wissen, wie du immer so ruhig deine Witze reißen kannst, bei der Situation, in der wir stecken“, wurde es Golden nun zu viel.

Um die Funkanlage zu finden, guckten sich Jenny und Bea wieder im Raum um. Sie öffneten einen Schrank, der zwischen den Rechnern stand, und fanden nur Putzzeug. Ganz hinten im Eck stand ein Papierkorb, der nicht ausgeleert war. Um etwas zu finden, leerte Jenny den Korb auf den Boden aus und suchte mit Bea nach was Brauchbarem. Es war nicht viel dabei, nur lauter Papierkram und sonstiger Abfall. „Schade, nichts gefunden“, war Bea erschöpft.

„Ein kaltes Getränk und ein Schnitzel mit Pommes, das wäre jetzt eine Wohltat“, begann Golden zu träumen.

„Sonst noch Wünsche? Vielleicht noch einen Strohhalm dazu und ein Schirmchen?“, fand das Pommes wieder mal lustig.

„Hilfe, da kommt wer. Hört ihr das surren? Das ist der Lift. Kommt mit in den Kasten“, hörte es Zottel als erste. Im Schrank versteckt, lauschten die Biker, was draußen vor sich ging.

Der Maschinenraum

Es ging sehr gut, die Wachen fielen zu Boden und schon zerrten die sechs sie in den Maschinenraum. Gerade noch rechtzeitig, bevor das Licht anging, und man sie entdecken hätte können. „Puh, das war wirklich knapp. Schnell, fesselt sie, bevor sie wieder zu sich kommen“, befahl Girl. Die Zwillinge zitterten zwar noch immer am ganzen Körper, sie halfen aber trotzdem mit, die Wachen zu fesseln. Auch Markus und Walter halfen mit und meinten ziemlich außer Atem: „Wir gehen jetzt wieder zur Delphin Renaissance und versuchen den Kapitän zu befreien. Girl drehte sich zu den Matrosen und rief: „Danke für eure Hilfe. Wir versuchen jetzt ob wir die Motoren irgendwie stoppen können.“

„Gern geschehen. Seit aber vorsichtig. Wir sehen uns sicher wieder,“ meinte Walter. Die Matrosen winkten noch und nahmen die Maschinengewehre an sich und verschwanden in Richtung der Schiffe. „Das hätten wir geschafft. Schauen wir uns einmal um. Vielleicht können wir die Motoren blockieren, dass wir nicht mehr weiter fahren“, war Iso auch schon zwischen den Motoren verschwunden.

„Was sollen wir inzwischen machen?“, erkundigte sich Mia.

Maxium überlegte kurz und sagte: „Bewacht die zwei. Wenn sie aufwachen, gebt ihr ihnen noch eins auf die Rübe.“

„Geht klar, machen wir doch glatt“, war Mirna begeistert. Nun verschwand auch Girl, die hoffte, dass Mia und Mirna das schafften. Maxium hörte Ben: „Sieh dir mal diese Motoren an. Die sind ja gewaltig.“

Als Maxium Iso gefunden hatte, turnte er auf einem der drei Motoren herum und war von der Größe begeistert. „Hör auf herumzualbern. Dafür haben wir wirklich keine Zeit“, schimpfte Girl mit Ben. „Schon gut, ich hoffe nur, wir können diese Riesendinger überhaupt zum Stoppen bringen“, war Ben bedrückt.

Girl munterte ihn auf: „Wenn du es nicht schaffst, wer dann?“ Sofort war Iso voll bei der Sache, aber so schnell ging es nicht voran. Mit großer Sorge sah Girl Ben bei der Arbeit zu, wie er mit seinem Werkzeug versuchte, die Abdeckung zu entfernen. Sein Werkzeug bestand nur aus einem Taschenmesser und einem Schraubenschlüssel. Ihm standen die Schweißperlen auf der Stirn und als sie das sah, kam ihr eine Idee: „Warum werfen wir nicht einen Schraubenschlüssel in die Antriebswelle?“

Erstaunt von der Idee, sah Ben auf und dachte kurz darüber nach, ließ den Gedanken aber gleich wieder fallen. „Das würde bei dieser riesigen Antriebswelle wenig bringen. Ein kleiner Ruck wäre zu spüren, mehr nicht“, klärte er auf.

„Was machen wir denn dann?“, fragte Girl.

„An die Schiffschraube kommen wir auch nicht ran. Wir können versuchen, den Computer, der die Maschine steuert, zu manipulieren“, überlegte Iso. Schon war er am Computer und versuchte das Losungswort zu knacken. „Kannst du das überhaupt knacken? Du wirst sicher einige Zeit dafür brauchen“, wurde Maxium schon unruhig.

Ben ließ sich nicht aus der Ruhe bringen und rief: „Lass es mich fünf Minuten versuchen. Wenn ich es nicht schaffe, versuchen wir etwas anderes.“

Girl war über die Aussage nicht gerade beruhigt, ließ Ben am Computer zurück und ging zu den Zwillingen. „Alles in Butter? Habt ihr die Typen im Griff?“, fragte sie die Zwillinge. Die grinsten und zwinkerten: „Natürlich, die schlafen wie Babys. Seid ihr schon weitergekommen?“

„Noch wissen wir nicht, wie wir diesen Berg stoppen sollen“, informierte Maxium. Sie ging wieder zurück zu Ben, der gerade verzweifelt versuchte, dass Losungswort zu knacken. Er schwitzte, aber er konnte das Wort nicht finden. Nach fünf Minuten gab er dann auf und grunzte: „Es hat keinen Sinn, ich kann es nicht knacken.“

„Mach dir nichts draus, wir werden dieses Ding schon irgendwie stoppen“, beruhigte ihn Girl. Ben ging noch einmal durch den gesamten Maschinenraum und sah sich noch mal gründlich um, ob er auch keine Möglichkeit übersehen hatte. Girl half ihm dabei und meinte: „Wenn es nur einen Notausschalter geben würde. Dann hätten wir das Problem gelöst.“

Iso hatte nicht richtig zugehört, und so fragte er noch mal nach, was Girl gerade gesagt hatte. Noch einmal erklärte es Girl und Ben jubelte: „Das ist es. So etwas gibt es sicher. Komm, wir müssen ihn finden. Das ist unsere Chance.“

„Hoffentlich hast du recht“, hoffte Girl. Es dauerte, bis der gesamte Raum genauestens abgesucht wurde, aber schließlich fand Maxium einen Schalter und rief: „Ich hab einen gefunden.“

„Zeig mal“, war Iso begeistert. Der Schalter war rot und unter einem Pult angebracht. „Attenzione” stand auf ihm und er war mit einem Glaskasten abgesichert. „Das ist er. Drücken wir ihn, es kann nicht viel passieren”, war Ben sehr erfreut und schlug die Scheibe ein. Bevor er den Schalter drücken konnte, war plötzlich ein lautes Summen zu hören. „Eine Alarmanlage“, war Girl erschrocken. Schnell drückte Ben den Schalter und sobald er ihn gedrückt hatte, gingen kurz die Lichter aus und die Motoren wurden leiser und blieben langsam stehen. Die Wachleute, die von dem Alarm herbeigerufen wurden, rüttelten an der Tür und versuchten hereinzukommen. Da Mia und Mirna die Tür aber versperrt hatten, kamen sie nicht hinein. „Schnell, lauf zu Girl und sag's ihnen. Lange hält die Tür nicht mehr stand“, wurde Mia nervös.

Schnell lief Mirna zu den Bikern und überbrachte die Nachricht.

„Können wir uns wo verstecken?“, kriegte es Mirna mit der Angst zu tun.

„Ich fürchte, nein“, murmelte Girl.

Als die Tür zersplitterte, kamen fünf Wachleute in den Raum, nahmen Mia gefangen und kamen auf Mirna und die Biker zu. Ohne Widerstand ließen sich die Biker gefangennehmen und wurden von den Wachen gefesselt und abgeführt.

„Verdammt, die haben den Notausschalter für die Treibstoffzufuhr gedrückt. Es dauert Stunden, bis wir wieder von der Stelle kommen“, schrie einer der Männer. Da die Biker die Maschinen gestoppt hatten, lachten sie, als sie abgeführt wurden. Die Biker und die Zwillinge wurden auf eine der vielen Zugmaschinen gesetzt und durch die ganze Halle Richtung Kontrollraum gebracht. Auf dem Weg dorthin sahen sie Franks Eltern, die gerade Möbel vom Schiff schleppten. Die Biker staunten nicht schlecht, konnten sich das Treiben aber nicht erklären. Bei den Lifttüren angekommen, wurden sie unsanft von der Maschine geschupst und in den Lift gedrängt. „Das werdet ihr noch büßen!“, schrien die Wachen, als alle im Lift waren und nach oben fuhren. Oben angekommen, setzten sich drei Männer an die Computer und versuchten sofort, die Maschinen wieder in Gang zu setzen. Die Gefangenen wurden durch die Tür am Ende des Raums gebracht. Am unteren Ende der Wendeltreppe war der Boden überflutet und es liefen zahlreiche Ratten und andere Kriechtiere am Boden umher. Ein finsterer Gang führte nach links und nach rechts von der Treppe weg. Man konnte in der Dunkelheit erkennen, dass einige Stahltüren in den kahlen Gang eingebaut waren. Sie gingen rechts in den Gang hinein und blieben vor einer Türe stehen. Als sie geöffnet wurde, stieg den Bikern ein fauliger Geruch in die Nase. Wieder wurden sie geschupst und als alle in der Zelle waren, rief noch ein Wachmann: „Hier könnt ihr mit den Ratten um euer Essen kämpfen. Ich hoffe, ihr habt mehr Glück als euer Zellengenosse. Hahaha, ihr werdet schon sehen. Strafe muss eben sein."

Bevor sich hinter den vieren die Türe schloss, sahen sie an der hinteren Wand der Zelle ein angekettetes Skelett sitzen. Es war sonst nicht viel im Raum, sondern nur zehn größere Säcke und fünf Eisenketten hingen links und rechts vom Skelett. „Ahhhh!", schrien Mirna und Mia als sie das Skelett sahen. Als die Tür geschlossen war, wurde es dunkel und man konnte nur mehr die Ratten herumlaufen hören.

„Gott sei dank ist es finster“, war Mirna froh, dass sie nichts mehr sah. Mia beklagte sich: „Ich hasse Ratten. Ihr holt uns doch sicher gleich hier raus.“

Girl und Ben sagten nichts, denn beide bekamen nasse Füße, weil in der Zelle fünf Zentimeter Wasser standen. Der Gestank war beinahe unerträglich und das Atmen fiel schwer. „Das wird nicht einfach werden, aber wir können es schaffen“, beruhigte Iso die anderen, konnte es aber selber nicht ganz glauben.

„Verdammt, eine Ratte knabbert schon an meinem Fuß“, kreischte Mia.

„Wir werden so enden wie der Typ an der Wand“, war Mirna den Tränen nahe.

Auch Maxium wurde es langsam unheimlich, trotzdem wusste sie: „Die anderen werden uns schon befreien.“

Langsam, aber sicher wurden sie ohnmächtig von dem Gestank. Mia und Mirna konnten sich nicht mehr auf den Beinen halten und sanken langsam auf den nassen Boden. Die beiden anderen konnten sich nur mit Mühe aufrecht halten, aber Bens graue Zellen arbeiteten noch immer auf Hochtouren. Am Skelett hingen noch Reste von der Kleidung, zu der Iso jetzt hinging. Sie riss sie in vier Stücke. „Nehmt die vor den Mund. Und versucht langsamer zu atmen“, riet Ben und der Rest befolgte seine Anweisungen. Von draußen waren Schritte zu hören und plötzlich wurde die Tür aufgerissen, ein Krug und eine Papiertüte wurden hineingestellt. Ohne nur ein Wort zu sagen, wurde die Türe wieder geschlossen und die Schritte entfernten sich wieder. Neugierig näherten sich schon ein paar Ratten der Papiertüte. Als Mirna das sah, griff sie sofort nach der Tüte und dem Krug, in dem sich Wasser befand. Dabei biss eine Ratte sie in den kleinen Finger und schon floss das Blut herunter auf den Boden. Die Ratten nahmen die Witterung sofort auf und fielen über Mirna her. „Verdammte Viecher. Helft mir, die wollen mich verspeisen“, schrie Mirna wie am Spieß. Eilig kamen Maxium und Iso zu Hilfe und verscheuchten die Ratten mit den Händen. „Wir müssen sie verbinden, sonst werden es die Ratten wieder versuchen“, überlegte Girl. Notdürftig wurde die Wunde mit dem Wasser gereinigt und mit einem Stofffetzen verbunden.

„Seht mal, was in der Tüte ist“, war Mirna hocherfreut und holte ein Stück Brot heraus. Nachdem jeder etwas von dem Brot gegessen und von dem Wasser getrunken hatte, wurde es still und es waren nur mehr die herum flitzenden Ratten zu hören. Jetzt konnten die vier Gefangenen nur mehr abwarten, was weiter geschehen würde.

Die Rettung

„Wenn wir dich nicht hätten, wären wir sicher entdeckt worden und es gäbe jetzt nur Wasser und Brot anstatt Schnitzel“, war Frank heute nicht zu bremsen.

„Still, jetzt“, befahl Golden. Pommes versuchte, zwischen den Türen durchzugucken, um zu beobachten, was vor dem Kasten los war. Sein Gesicht wurde bleich, als er sah, dass Ben und Girl gefangen waren und vermutlich in den Keller gebracht wurden. Noch beunruhigter machten ihn die drei Typen, die sich vor die Computer gesetzt hatten. Er drehte sich zu Jenny und Bea um und klärte sie kurz und leise darüber auf, was er gesehen hatte. Bevor er sich wieder umdrehte, hörten sie: „Schnell, kommt mit. Es gibt einige Aufstände auf der Queen Mary.“

Es waren nur Schritte zu hören und danach wieder das Surren des Lifts. Nochmals guckte Pommes durch den Spalt und war erfreut, dass er niemanden mehr sehen konnte. „Ich werde mich einmal hinauswagen. Mit der Wachmann-Uniform falle ich ja nicht auf, falls doch noch einer im Raum geblieben ist. Ihr wartet inzwischen hier“, hatte Pommes einen Plan.

„Machen wir“, flüsterten Golden und Zottel im Chor. Er öffnete vorsichtig die Türen, legte das Maschinengewehr ab und schlüpfte hinaus. Gespannt warteten die beiden Mädchen darauf, dass Frank sie rausholen würde, aber da war das Surren wieder zu hören. Das ging so schnell, dass Pommes sich nicht mehr verstecken konnte. Schon gingen die Türen auf und wieder kamen Wachmänner raus und einer rief zu ihm: „Schon weitergekommen? Wann können wir wieder fahren?“

Frank hatte sich an den Computer gesetzt, und antwortete ohne aufzuschauen: „Es wird noch dauern, bis ich alles wieder in Gang gesetzt habe.“

„Mach aber schnell, der Boss wird schon nervös und du weißt ja, was geschehen kann, wenn er so weit ist“, lachte ein anderer und alle gingen weiter und verschwanden durch die Tür in den Keller. Noch wartete Pommes ab und als er nichts mehr hörte, ging er zum Kasten und holte Jenny und Bea heraus.

„Haben sie dich nicht erkannt?“, wollte Golden wissen.

„Nein, sie haben mich nicht angesehen“, atmete Frank durch.

„Was machen wir denn jetzt?“, wollte Zottel wissen.

„Wir werden versuchen, die anderen zu befreien“, machte Pommes einen Vorschlag.

Alle drei überlegten, wie sie das anstellen sollten. Als erster hatte Zottel eine Idee: „Wir müssen zuerst die Wachen ausschalten und danach brauchen wir sie nur mehr hinaufholen.“

„Wenn's nur so einfach wäre. Wir sind nur zu dritt und die sind fünf kräftige Männer. Da werden wir sie nicht so leicht ausschalten können. Wir müssen sie eher ablenken", war Pommes nicht einverstanden.

„Und wie willst du das anstellen?", fragte Golden. Es war klar, dass Frank schon einen Plan hatte: „Ich werde ganz einfach hinunter gehen, die Wachen heraufIocken und sie unter einen Vorwand wieder raus zu den Schiffen bringen. Ihr versteckt euch wieder im Schrank, wartet, bis ich mit den Männern oben bin und sie in den Lift gebracht habe. Anschließend werdet ihr in den Keller gehen und sucht die Zwillinge, Girl und Ben. So einfach ist mein Plan."

Gespannt hatten die Mädchen zugehört und waren vom Plan begeistert. „Kommt, machen wir es. Verlieren wir keine Zeit", trieb Bea die anderen an.

„Jaja, nur keine Hektik. Sonst landen auch noch wir im Keller", sagte Frank.

„Das glaube ich nicht. Es werden nie alle Biker geschnappt werden", war Bea selbstbewusst.

Nachdem sich die Mädchen wieder im Schrank versteckt hatten, ging Frank in den Keller. Am Ende der Treppe lauschte er einmal, ob er Stimmen hören konnte. Aus dem linken Gang konnte er leises Sprechen wahrnehmen und so stieg er vorsichtig in das Wasser und versuchte dabei so leise wie möglich zu sein. Eine Ratte huschte vor ihm her, lief nach rechts und verschwand in einem Mauerloch. Beinahe hätte sie Frank aus dem Gleichgewicht gebracht, aber er blieb stehen und ging weiter. Am Ende des Ganges war ein sehr schmaler Durchgang, hinter dem die Wachleute saßen und Karten spielten. Alle schauten auf, als Frank durchschlüpfte und rief: „Der Boss will euch bei den Schiffen sehen. Kommt schnell."

So schnell konnte Frank gar nicht schauen, schon waren sie aufgesprungen und liefen an ihm vorbei. Eilig lief er hinterher und rannte die Treppe nach oben. Die Wachleute waren schon in den Lift gestiegen und fuhren nach unten. Jetzt war Frank erleichtert, dass sein Plan so gut funktioniert hatte. Bea und Jenny kamen aus dem Kasten und gratulierten Frank. „Geht ihr hinunter. Ich halte hier die Stellung. Ich hoffe, euch beißt keine Ratte", schmunzelte Pommes.

„Was? Ratten gibt es hier auch?", fröstelte es Jenny.

„Komm schon, lass ihn doch. Er will dir doch nur Angst machen", sagte Zottel, die schon die Wendeltreppe hinunterging. Nur langsam ging Golden die Treppe hinunter und blieb am Ende stehen, als sie das Wasser sah, und blickte sich nach Zottel um. Sie sah, dass Bea bereits in den rechten Gang gegangen war. „Komm doch endlich. Wasser hat noch niemanden gebissen", lachte

Zottel und ging weiter. Da Jenny nicht alleine stehen bleiben wollte, lief sie Zottel hinterher.

„Ich hoffe wir finden sie hier unten auch. Es sind viele Türen hier“, meinte Bea und Jenny schlug vor: „Teilen wir uns doch auf. Eine geht nach rechts und die andere nach links. Einverstanden?“

Bea nickte, drehte sich um und ging in die andere Richtung weiter. Ängstlich ging Jenny an eine der Türen und versuchte sie zu öffnen. Da sie aber verschlossen war, ging sie zur nächsten. Die war auch verschlossen und erst die dritte Tür ließ sich öffnen. Ein modriger Gestank trat in Jennys Nase, aber sie ging trotzdem weiter in den Raum. Sie kam aber gleich wieder hinaus und warf angeekelt die Tür wieder zu. „Verdammte Rattenviecher“, fluchte sie und versuchte es bei der nächsten. Sie versuchte die Klinke runterzudrücken, aber die Tür war abgeschlossen. Gerade als sie weitergehen wollte, sah sie, dass rechts neben der Tür ein Schränkchen an der Wand montiert war, und dachte sich: „Bei meinem Glück ist der voll mit Rattengift.“ Sie öffnete es und war erfreut, denn im Kasten war ein Schlüsselbund. Sofort prüfte sie, ob einer der Schlüssel ins Schloss passte. Der vorletzte Schlüssel war der richtige, sie drehte ihn um und versuchte danach die Türe zu öffnen, die klemmte aber. „Na ja, versuch ich's halt bei der nächsten“, dachte Jenny und gerade als sie weiter gehen wollte, hörte sie leises Wimmern hinter der

Tür. „Hilf mir mal, Bea. Ich habe da was gehört“, rief Golden.

„Komme schon“, antwortete Zottel sofort und rannte durch das Wasser zu ihr. Beide versuchten, die Klinke hinunterzudrücken, aber es funktionierte nicht. „Girl, Ben, seid ihr da drin?“, versuchte Bea Kontakt aufzunehmen. Lange war nichts zu hören, bis jemand leise wimmerte: „Ja, wir sind hier drinnen. Holt uns schnell raus.“

„Das war Bens Stimme. Da bin ich mir sicher“, war Zottel hoch erfreut und fügte noch hinzu: „Komm, drück fester, die muss doch aufgehen.“

Erst beim zweiten Versuch ging die Tür mit einem Ruck so schnell auf, dass Bea und Jenny in den Raum kippten und auf den Zwillingen landeten, die genau vor der Tür auf drei Säcken lagen. „Da seid ihr ja endlich. Bin ich froh euch zu sehen“, wurden die beiden von Girl empfangen, die auch auf einem Sack lag. Langsam standen auch die Übrigen auf und waren sehr froh, aus diesem verpesteten Raum zu kommen. „Macht schnell, wir haben nicht viel Zeit“, ermahnte Jenny zur Eile. Noch ganz matt von dem Gestank, trotteten die Biker mit den Zwillingen durch das Wasser zur Treppe und nach oben zu Pommes. Bevor sie durch die Tür gingen, guckte Bea noch einmal, ob nur Frank im Raum war. Da sie niemanden außer Frank sah, pfiff sie einmal und ging in den Kontrollraum. Der Rest folgte ihr.

„Wo wart ihr denn? Seid ihr im Schweinestall gelegen oder ist das ein neues Parfüm?“, konnte sich Frank nicht zurückhalten. Die Biker konnten über diesen Witz nicht lachen, sondern liefen rot an. Nur die Zwillinge kringelten sich schon vor lachen, wurden aber gleich wieder ernst, als Frank zu berichten begann, was er inzwischen erlebt hatte. „Ich habe von den Fenstern aus beobachtet, wie auf der Queen Mary der Kampf tobte. Die Passagiere konnten sich aber nicht lange wehren, denn die Wachleute hatten mehr Kraft und so wurde der Aufstand bald niedergeschlagen“, erzählte Pommes.

„Na ja, war doch klar. Und wie geht's jetzt weiter?“, hatte Mirna der Mut verlassen.

„Noch sind wir frei. Versuchen wir die Funkanlage zu finden“, fuhr Pommes dazwischen. Am Computer versuchten sie nun etwas zu finden, damit sie Hilfe holen konnten. Golden fand es als erste und freute sich: „Ich hab's. Hier ist etwas.“

Sofort öffneten sie das Programm und es war tatsächlich die Funkanlage. „Funk gleich auf allen Frequenzen, dann werden sie uns hoffentlich finden“, hoffte Zottel. Einige Zeit später strahlte Ben: „Es hat funktioniert“.

„Geben Sie uns Ihre Position durch“, hörten sie eine weibliche Stimme aus dem Lautsprecher reden.

„Warten Sie bitte, wir müssen erst die Position feststellen", wurde Maxium nervös.

„Versucht anhand der Karte auf dem Bildschirm festzustellen, wo wir uns genau befinden", wusste Zottel und gleich darauf strahlte Jenny: „Ich hab's. Die Position ist 30°40′nördliche Breite." „Verstanden, wir … krk … schicken Hilfe. Krk … … Bleiben Sie …", brach der Funkkontakt plötzlich ab und es gab einen kräftigen Stoß und die Lichter fielen wieder kurz aus. „Verdammt, wir fahren wieder", stellte Mia fest. „Ich kriege kein Signal mehr rein. Die Funkanlage ist nicht mehr zu gebrauchen", versuchte Pommes noch einmal irgendjemanden zu erreichen. „Das ist nicht unser einziges Problem", rief Mirna, die wieder zu den Fenstern gegangen war, und zeigte nach unten in die Halle. Bis auf Frank, der weiter an der Funkverbindung arbeitete, liefen alle zu den Glasscheiben und blickten hinunter. Ein Dutzend Wachleute kamen auf den Lift zu und stiegen ein. „Hinunter in die Zellen, schnell, ich glaube, ich habe einen Ausweg", befahl Frank und rannte los. Iso rannte als letzter hinterher und schloss die Tür hinter sich.

Fluchtversuch

Unten an der Wendeltreppe fragten sie sich, wo Pommes hier entkommen wollte. Er führte die Biker durch den Gang bis zu dem Raum wo die Wachen Karten gespielt hatten. „Hier können wir es versuchen“, zeigte Frank auf ein Bullauge. Als nun alle im Raum waren, öffnete Pommes es und rief: „Folgt mir“ Er kroch als erstes durch das Bullauge und befand sich nun in der Zwischenwand des Gebildes. Die anderen zwängten sich nun auch durch und Ben versuchte, das Bullauge wieder zu schließen. Ganz schaffte es er aber nicht. „Wo kommen wir denn hier hin?“, fragte Mia verwirrt.

„Weiß nicht, aber wir werden es bald sehen. Vor mir ist schon ein Licht zu erkennen“, freute sich Frank. Wie Ameisen krochen sie den Schacht entlang und kamen an den vermutlichen Ausgang. Es war wieder ein Bullauge, von dem das Licht hineinkam. Leider befand sich auf der Außenseite ein Gitter. „Das ist nicht gut“, traute Pommes seinen Augen nicht, als er durch das Gitter sah, das zwischen ihm und der Freiheit befestigt war.

„Was ist los?“, rief Bea, die es nicht sehen konnte.

„Vor uns ist nur das weite Meer“, erzählte Frank, was er sah. Er riss am Gitter, das ohne großen Widerstand ins Meer fiel, und blickte durch die

Öffnung. Er sah nach rechts und nach links und erblickte auf der rechten Seite, etwa drei Meter über ihnen, einen Eingang. „Ich glaube, rechts über uns ist ein Notausgang. Ich werde versuchen hinaufzuklettern“, schöpfte Frank wieder Hoffnung und war auch schon unterwegs.

„Wann können wir denn hier wieder raus? Ich halte es nicht mehr aus“, flippte Mia beinahe aus.

Girl tröstete: „Es dauert sicher nicht mehr lange.“

Die Stahlplatten, aus denen der Berg gebaut war, waren so verformt, dass man gut darauf klettern konnte. Pommes brauchte deshalb nicht lange und war auch schon an der Tür. Links neben der Tür war ein Bullauge, durch das er wieder ins Innere sehen konnte. Er beobachtete das wilde Treiben und versuchte die Tür zu öffnen, die sofort aufsprang. „Kommt herauf, wir können wieder hinein“, rief Frank den anderen zu und sprang über die Kante. Schnell kletterte Girl zu Frank hinauf und auch die Zwillinge kamen hinterher. Pommes half den dreien hoch und blickte wieder nach unten, wo wohl Zottel und Iso blieben. Zottel hatte einige Probleme, die drei Meter hinaufzuklettern, denn sie hatte nämlich Höhenangst und so musste Ben ihr gut zureden: „Schau ja nicht nach unten. Lass dir ruhig Zeit.“

„Du hast leicht reden. Mann, ist das hoch hier“, versuchte Zottel so ruhig wie möglich zu bleiben und kletterte langsam hinauf. Plötzlich waren Schritte zu hören und schon tauchten hinter den Zwillingen und den Bikern drei Wachen auf, die schrien: „Hände hoch. Was macht ihr da? Wo wollt ihr hin?“ Der zweite rief: „Jetzt schließt die Tür wieder und kommt langsam auf uns zu!“

Die vier befolgten die Forderungen und schlossen die Tür wieder. Die Wachen waren so dumm, dass sie nicht nachsahen, ob schon wer hinausgegangen war. „Vorwärts. Noch einmal entkommt ihr uns nicht. Dafür werden wir schon sorgen“, plärrte einer der Wachen und schubste die Bande vor sich her.

„Wir gehen ja schon“, versuchte Frank Zeit zu schinden. Sie wurden auf die Queen Mary gebracht und in einer der zahlreichen Kabinen gesperrt. „Nun können wir nur hoffen, dass Zottel und Pommes noch aktiv sind“, resignierte Maxium.

„Hier sind wir schnell wieder raus“, schmunzelte Frank und verwundert sah ihn der Rest an.

„Was willst du damit sagen?“, war Mirna verwundert.

„Mach es nicht so spannend. Wir wollen es auch wissen“, drängte Jenny.

Nichts sagend griff Pommes in seinen Hosensäckl und holte einen Schlüsselbund heraus.

„Das ist unser Schlüssel in die Freiheit“, freute sich Jenny.

Golden fragte: „Wo hast du den Schlüsselbund her?"

„Den habe ich dem Wachmann abgenommen, als er uns hier her geschupst hat."

„Toll gemacht", lobte Mirna und klopfte Pommes auf die Schulter. Alle sahen gespannt auf Frank und warteten, welcher der Schlüssel passen würde. Er versuchte alle nacheinander und gab die Hoffnung bald auf, denn es schien keiner zu passen. „Versuch es noch einmal", ermutigten ihn seine Kumpels. Die Schweißperlen standen ihm schon auf der Stirn und noch einmal versuchte er es. Langsam drehte er ihn um, denn jetzt passte tatsächlich einer und so gelang es ihm, die Türe zu öffnen. Vorsichtig steckte er den Kopf durch die Öffnung und blickte sich um. „Nichts zu sehen. Wir können verschwinden", flüsterte er zu seinen Kumpels. Langsam kam auch der Rest aus der Tür, blickten sich um und Mia fragte: „Wo geht's hier wohl raus?"

„Gehen wir einmal nach rechts. Wir werden ja sehen, ob wir richtig sind", meinte Girl und schritt voran. Frank wollte nicht nach rechts und so ging er in die andere Richtung. Jenny und Mirna folgten ihm und Mia lief Maxium hinterher. „Schnell, versteck dich", rief Girl, als plötzlich Stimmen zu hören waren. Vorsichtig versteckten sie sich in einer der vielen Kabinen und warteten, bis sich die Schritte wieder entfernten. „Die gehen in die

Richtung von Mirna, Jenny und Frank", war Mia entsetzt

„Wir müssen hinterher", klopfte Maxium Mia auf die Schulter und schlich schon hinterher. Da Mia nicht alleine bleiben wollte, lief sie rasch nach und hatte Girl bald eingeholt. Gerade noch rechtzeitig, denn bei der nächsten Kreuzung kämpften gerade Mirna, Jenny und Frank mit den Wachen. Von dem Lärm angelockt, kamen plötzlich aus dem linken Gang Franks Eltern herbei und halfen sofort mit, die Wachen zu überwältigen. „Hallo, was machen Sie den hier?", wollte Girl sofort wissen.

„Wir haben unsere Wachen überwältigt und uns hier auf dem Schiff versteckt. Habe mir gleich gedacht, dass ich eure Stimmen schon mal gehört habe", wusste Herr Lot zu erzählen. Frau Lot umarmte gleich alle und wollte wissen: „Wo sind Bea und Ben?"

„Keine Sorge, die holen uns raus", wusste Golden.

„Vorher müssen wir aber noch etwas erledigen", wurde Girl plötzlich geheimnisvoll. Frank schaltete sofort und zwinkerte mit dem linken Auge: „Ihr beide bleibt hier. Golden, Girl und ich haben noch ein Ass im Ärmel."

Mia und Mirna kamen nicht mehr zu Wort, denn die drei machten sich sofort auf dem Weg zur Magnetkugel. Als sie vom Schiff gingen, rief

Golden: „Es sind zwei Schiffe der Küstenwache hier. Sollten die uns eigentlich nicht retten?“

„Hoffentlich haben die noch andere Schiffe, um nach uns zu suchen“, war Girl betrübt.

„Kommt weiter. Wir haben noch was zu erledigen“, unterbrach Pommes. Vorsichtig schlichen sie wieder an der Wand entlang und geschwind waren sie bei der Tür angekommen, die zur Kugel führte. Girl wartete vor der Tür, bis Jenny und Frank fertig waren, als plötzlich wieder ein kräftiger Piepton zu hören war. Pommes machte sich an einem der Kästen zu schaffen und horchte auf, als wieder der Alarm ertönte. „Was ist jetzt wieder los?“, wollte Golden wissen.

„Ich war’s diesmal nicht“, entschuldigte sich Frank, und als er fertig war, sang er zufrieden.

„Hör auf zu singen. Man wird uns noch entdecken“, entrüstete sich Golden. Plötzlich war ein riesiger Knall zu hören, es flogen große und kleine Metallteile durch die Halle, als Jenny und Pommes wieder herauskamen. „Was ist jetzt wieder los?“, klagte Golden und Frank plapperte: „Das sind Bea und Iso. Sieh nur, auf dem Schiff der Küstenwache sind sie.“

Sofort versuchten Jenny und Maxium etwas durch den Rauch zu erkennen und tatsächlich sahen auch sie die beiden. „Wir müssen weiter nach vorn. Wenn sie uns sehen, nehmen sie uns vielleicht mit“, jauchzte Girl.

Da in der ganzen Halle ein großes Durcheinander herrschte, achtete niemand auf die Biker und so konnten sie unbemerkt bis ans Ende eines Steges vordringen und warteten darauf, dass sie gesehen wurden. „Das Schiff kommt auf uns zu“, freute sich Jenny, als das Schiff in ihre Richtung steuerte. „Sie haben uns gesehen. Haben wir ein Glück!“, sang Frank.

„Sollten wir nicht Mia, Mirna und Franks Eltern holen?“, wurde Girl ganz mulmig.

„Noch nicht. Zuerst werden wir versuchen, Hilfe zu holen“, widersprach Frank und winkte Bea und Ben zu.

Iso zog Bea wieder in den Schacht hinein und versuchte klar zu denken, was sie jetzt machen könnten. „Wo können wir jetzt nur hin?“, wollte Zottel wissen und Ben wisperte: „Zurück. Wir müssen einen anderen Weg finden.“

So schlichen sie wieder zurück zum Raum und horchten, ob was zu hören war. Man konnte aber nur die Ratten durch das Wasser flitzen hören und so schlüpfte Iso durch das Bullauge und ging vor zur offenen Tür. Er guckte den Gang entlang und als er nichts Verdächtiges sah, holte er Bea und sie schlichen vorsichtig zur Wendeltreppe. „Warte du hier. Ich werde mal schauen, ob oben noch jemand ist“, flüsterte Ben und war schon unterwegs. Bea ging etwas zurück in den Gang und wartete darauf, dass Ben ihr das Zeichen gab, um nach oben zu können. Oben angekommen blickte er durch die Tür, sah sich im Kontrollraum um und da er nichts Verdächtiges sah, pfiff er einmal und schon kam Zottel die Treppe hinauf gerannt. Ben ging zu den Scheiben und sah nach unten. Sein Blick schweifte durch die Halle und da bemerkte er, dass ihre Freunde auf die Queen Mary gebracht wurden. „Wir sind schon weit von der Position entfernt, die wir der Küstenwache durchgegeben haben“, bemerkte Bea, die schon bei den Computern saß.

„Hoffentlich können sie unsere Position auch verfolgen“, hoffte Ben. Wieder einmal begann das Licht zu flackern und es wurde dunkel.

„Haben die schon wieder ein Schiff?“, konnte es Zottel gar nicht glauben. Gespannt blickten die beiden auf die großen Tore, die sich langsam zu öffnen begannen, und erschraken, als sie sahen, dass es ein Schiff der Küstenwache war.

„Das ist nicht gut. Wenn das unsere Retter sind, sind wir verloren“, jammerte Bea. Es kamen zwei Schiffe der Küstenwache durch die Tore und auch sie wurden an den Stegen vertäut. Die Besatzung kam mit erhobenen Händen aus den unteren Decks und wurde sofort gezwungen, sich auf den Boden zu legen und ja keinen Widerstand zu leisten. Da kam Iso eine Idee: „Wir könnten doch eins dieser Schiffe kapern und versuchen den Berg in unsere Gewalt zu bringen."

Bea starrte ihn nur an und fragte nach: „Willst du das wirklich versuchen? Hast du überhaupt eine Ahnung, wie man so etwas steuert?"

„Kein Problem, zuerst werden wir Herrn Karsten befreien und dann kann es schon losgehen", war Iso von seiner Idee überzeugt.

„Du nimmst dir aber viel vor. Wir sind doch nur zu zweit", hatte Zottel ihre Bedenken.

„Nur keine Sorge. Wir werden sie ablenken und danach wird es kein Problem mehr sein, ihn zu befreien", war Ben siegessicher. Nun begann er, den Computer so zu manipulieren, dass überall Alarm ausgelöst wurde. Ein kräftiger Piepton war nun im ganzen Berg zu hören und schon sah Bea, dass die Wachen nervös hin und her liefen und nicht wussten, weshalb überall der Alarm ausgelöst wurde.

„Komm, das ist unsere Chance. Wir müssen versuchen, auf die Delphine zu kommen", rief Iso und rannte zum Lift. Sofort lief Zottel hinterher und schon waren sie wieder unten in der Halle.

Die Flucht

Da noch immer das Chaos regierte, kamen sie schnell zum Schiff und gingen wieder an Bord. „Gehen wir auf die Brücke?“, wollte Bea wissen und Ben verneinte und überlegte: „Ich glaube, die Gefangenen sind im Frachtraum.“

Sofort schlugen sie den Weg zum Frachtraum ein, stiegen die schmalen Treppen hinunter und standen plötzlich vor zwei Wachen. „Hey, was ist los? Wo kommt ihr denn her?“, begann einer mit Ben zu sprechen.

„Wir waren am Klo und jetzt haben wir uns verlaufen,“ meinte Ben. Zottel starrte auf die Wachmänner und der rechte kam auf sie zu und wollte sie packen.

„Lassen sie mich los“, jammerte Sie und Ben versuchte den anderen Wachmann abzuwehren der auch ihn fassen wollte. Plötzlich wurde Bea los gelassen und ihr Angreifer ging einige Schritte zurück. Ben wehrte sich verzweifelt aber schnell ließ der Wachmann von ihm ab. Sofort riss er die Hände in die Höhe und flehte: „Ich ergebe mich. Tut mir bitte nichts.“ Zottel sah zu Ben und wusste nicht was geschehen war. Gerade als sie sich umdrehen wollten hörten sie eine männliche Stimme: „Hände hoch.“ Da die Zwei nicht wussten wer hinter ihnen stand hoben sie die Hände und blieben ruhig stehen.

„Ihr könnt die Hände unten lassen. Seid ihr nicht auch zwei von den Bikern?“ wollte dieser wissen.

„Ja, sind wir. Aber woher kennen sie uns“, grübelte Bea.

„Mein Name ist Markus und das ist Walter. Wir waren doch auch auf der Delphin Renaissance“, informierte Walter der nun hinter Markus auftauchte.

„Ja ich kenne euch. Ihr habt uns ja vorher schon mal geholfen “, nahm Iso die Hände runter nachdem er die Beiden erkannte. Markus zielte auf die Wachen und Walter ging zu diesen. Er fesselte sie mit einem Tau und Markus ließ das Maschinengewehr sinken. Lachend ging Bea zur Tür, öffnete sie und blickte in den Frachtraum. Am anderen Ende des Raums saßen die Matrosen und der Kapitän auf Lebensmittelkisten und zuckten zusammen, als Zottel durch die Türe kam. Geschwind stand der Kapitän auf, als er merkte, dass es eine von den Bikern war. „Hab ich mir gleich gedacht, dass ihr uns retten werdet“, begrüßte Herr Viktonsen Bea.

„Nicht so schnell. Noch sind wir nicht gerettet. Wir müssen erst mal Hilfe holen“, murmelte Zottel und riss sich aus der Umarmung.

„Wo fahren wir eigentlich hin?“, kam nun auch Franks Onkel auf sie zu. „Wir glauben, die wollen nach Alaska mit uns.“

„Konntet ihr schon Hilfe holen“, erkundigte sich Herr Karsten.

Betrübt antwortete Zottel: „Versucht haben wir es. Die Küstenwache kam mit zwei Boten, die leider auch schon gefangen wurden“.

„Das ist nicht gut“, befand Herr Viktonsen.

„Wir wollen eins dieser Boote kapern und damit den Berg erobern. Dazu benötigen wir die Hilfe von Ihren Männern“, versuchte Zottel den Plan zu erklären. Gemächlich kam auch Ben mit den zwei Wachen herein und drängte: „Wir müssen uns beeilen.“ Hinter ihm kam nun auch Walter herein und grüßte den Kapitän. Markus blieb noch vor dem Raum stehen und überwachte die Treppe.

Herr Karsten nahm das Maschinengewehr von Walter an sich. „Los geht's. Sie werden hier auf uns warten, Herr Kapitän“, befahl er und schon waren sie unterwegs, um ein Boot der Küstenwache in ihre Gewalt zu bringen. Walter war natürlich auch dabei und marschierte los. Markus folgte als letzter der Gruppe und sicherte alles nach hinten ab. Herr Viktonsen wollte sich das nicht entgehen lassen, kam hinterher und schloss auf. Herr Karsten verdrehte die Augen und schimpfte: „Wollen Sie unbedingt mit?“

„Natürlich, ich will doch nicht als Feigling beschimpft werden“, entgegnete der Kapitän.

„Für diese Streitereien haben wir jetzt keine Zeit. Wir müssen weiter“, wurde Iso böse. Schnell beruhigten sich alle wieder und marschierten weiter. Noch immer war der Alarm zu hören, deshalb achtete niemand auf die kleine Gruppe, die dem Boot der Küstenwache immer näher kam. Ohne Schwierigkeiten kamen sie an Bord, gingen auf die Brücke und versuchten, die Motoren zu starten. Stotternd sprangen sie an und sofort stürmten einige Wachen auf das Boot zu. Die Matrosen hielten sie aber zurück, bis sich das Schiff in Bewegung setzte und rückwärts losfuhr. Franks Onkel wendete das Schiff, sodass es mit dem Bug zum Tor schwamm. Die Wachen versuchten auf das Boot zu springen, einige schafften es und kamen bis zur Brücke durch. Herr Viktonsen wehrte sich mit Händen und Füßen, aber er schaffte es nicht, sie aufzuhalten. Rasch kamen ihm die Matrosen und Ben zu Hilfe und tatsächlich schafften sie es gemeinsam, alle Angreifer zurückzuschlagen. „Wir müssen uns beeilen. Lange können wir sie nicht mehr zurückhalten", hörten sie die Matrosen rufen.

„Wie kommen wir durch das Tor?", deutete Herr Karsten auf die verschlossenen Tore. Ben hatte einen Knopf entdeckt und drückte ihn. „Was war das?", staunte Herr Viktonsen, als ein weißer Blitz rechts neben dem Schiff vorbeirauschte und auf das Tor zuflog.

„Deckung!", schrie Bea durch den Lautsprecher, der sich am Boot befand, und schon warfen sich alle auf den Boden. Mit einem lauten Knall zersplitterte ein Teil des Tors und viele Teile flogen durch die Luft. „Jetzt mit Vollgas weiter“, schrie Bea und schon gab Herr Karsten Gas.

„Stopp!“, rief Ben, als er seine Biker-Kumpels auf dem Steg neben der Delphine erblickte. Franks Onkel steuerte das Schiff an den Steg und Bea rief: „Springt schnell auf. Wir müssen rasch weiter.“

Geschwind sprangen die drei auf das Schiff auf, umarmten Zottel und Iso und Franks Onkel drückte auf die Tube. Der Bug hob sich und schon schossen sie auf das Tor zu. „Das wird eng werden!“, schrie Bea.

„Das schaffen wir. Jetzt gibt es kein Zurück mehr!“, schrie Pommes. Krachend schlidderte das Boot links und rechts an den Trümmern entlang und schoss aus dem Berg. „Wir haben ein Problem“, teilte der Kapitän mit, zeigte auf die Anzeigen für den Kompass und der Funkanlage. Jetzt sahen es auch die anderen, denn wieder spielten alle Anzeigen verrückt und da begannen Jenny, Girl und Frank zu strahlen. „Was habt ihr denn?“, wollte Bea wissen.

„Werdet ihr gleich sehen“, lächelte Jenny und gespannt warteten alle, was geschehen würde. Nicht lange und es war wieder ein Knall zu hören und Herr Karsten bemerkte es als erster: „Die Anzeigen funktionieren wieder.“

„Wie habt ihr das denn geschafft?“, freute sich Zottel. „Wir haben einfach die Sicherung für die Überhitzung rausgedreht“, erklärte Iso.

„Wir können wieder funken“, sagte Herr Viktonsen, der das Funkgerät schon in der Hand hatte und Hilfe herbeirief.

„Wir müssen noch einmal zurück und meine Eltern rausholen!“, flehte Pommes.

„Die sind in Sicherheit. Dafür haben wir gesorgt“, beruhigte Golden.

„Wir müssen aber trotzdem zurück. Die brauchen unsere Hilfe“, rief Zottel.

„Sie hat Recht. Ohne uns können sie nicht die Oberhand gewinnen“, war Frank überzeugt. Wieder fuhr das Boot in den Berg und sofort wurde es wieder von Wachen angegriffen. Die Matrosen und Herr Karsten konnten sie aber zurückschlagen und Herr Viktonsen versuchte wieder zu funken. „Unsere neue Position ist 40°50′ nördliche Breite“, gab der Kapitän an die Küstenwache weiter.

„Wir kommen sofort. Halten Sie noch durch“, antwortete die Küstenwache.

Jenny bemerkte: „Kommt euch die Halle nicht niedriger vor als vorher?“

Nachdem sich alle umgesehen hatten, meinte Pommes: „Du hast recht. Der Berg sinkt.“

„Bist du dir sicher? So schnell?“, bekam es Bea mit der Angst zu tun.

„Ja, wir müssen beim Sprengen des Tores mehr zerstört haben, als uns lieb war“, hatte Maxium eine Vermutung.

„Wir müssen die anderen Menschen herausholen“, wusste Iso.

Auf den anderen Schiffen hatten die jeweiligen Kapitäne das Kommando zurückerobert.

„Startet die Motoren und fahrt schnell alle aus der Halle. Die sinkt langsam“, rief Ben in das Außenmikrofon und hoffte, dass ihn alle hören konnten. Erleichtert hörte er das Anspringen der Motoren und die Schiffe begannen sich nacheinander Richtung Tor zu bewegen. Auch Herr Viktonsen gab den Befehl, wieder herauszufahren. Erfreut beobachteten die Biker, dass alle Schiffe hinterherkamen und aus dem Berg fuhren. Das erste große Schiff, das durch das Tor fuhr, riss es nun komplett raus, da das gesprengte Loch zu klein war. Nun sank der Berg noch schneller, aber es ging sich aus, dass alle Schiffe raus kamen. Schon waren die Sirenen der Küstenwache zu hören. Die nahm die Wachleute, die wie Enten aus dem Berg schwammen oder auf Rettungsboote saßen, fest und nahmen sie mit an Bord, aber der Boss der Bande fehlte.

„Guckt mal, wer da drüben auf der Queen Mary steht und uns zuwinkt“, entdeckte Maxium und winkte zurück.

„Da sind ja deine Eltern und auch die Zwillinge sind dabei“, freute sich Zottel. Die Biker winkten hinüber, als plötzlich noch ein Knall zu hören war und auf der Rückseite des Bergs eine Rauchsäule aufstieg. „Der macht sich aus dem Staub“, schrie Pommes und zeigte auf ein Schnellboot, das hinten aus dem Berg geschossen kam.

„Wir müssen hinterher“, schrie nun auch Girl und schon gab Herr Viktonsen Gas. Herr Karsten blickte durch das Fernglas hinterher und verkündete: „Der ist schneller als wir.“

„Wir wissen ja, wo er hinwill“, fiel Pommes wieder ein. Zottel wusste es auch noch: „Nach Alaska. Ich hoffe nur, er hält sich daran.“

Der Hebel des Bootes stand nun auf Vollgas, der Bug hatte sich sehr hoch gehoben und bei jeder Welle hüpfte es wie verrückt. Bald konnten sie den sinkenden Berg nicht mehr sehen und weit und breit war nichts als das weite Meer. Das Schnellboot war nur mehr als winziger Punkt am Horizont zu sehen, bis es schließlich ganz verschwand. „Sollen wir ihn weiter verfolgen?“, wollte der Kapitän wissen.

„Ja, natürlich“, bestätigte Ben und starrte auf das Radar, wo man das Schiff noch immer sehen konnte.

„Noch ist er nach Alaska unterwegs“, fügte er noch hinzu. Nach einem Blick auf die Treibstoffanzeige informierte Jenny: „Sprit wird auch langsam knapp. Wie weit ist es denn noch?“

Nach einigen Sekunden Studierens antwortete Herr Karsten: „Wenn wir die Geschwindigkeit beibehalten, könnte es sich mit Glück ausgehen.“

„Wenn nicht, schieben wir halt. Genug Leute sind wir ja“, witzelte Pommes. Lächelnd sahen ihn alle an und danach wandten sie sich wieder den Instrumenten zu. Eine Stunde waren sie nun schon unterwegs, ohne dass etwas geschehen war, nur einige Delfine, die am Bug hin und her sprangen, waren zu sehen. Herr Viktonsen zog den Gashebel etwas zurück und sagte: „Sonst geht uns doch noch der Sprit aus.“

Langsam wurde es dunkel und der Kapitän schaltete die Scheinwerfer ein. „Mit so einem hellen Licht kann er uns doch schon von weit sehen“, war Maxium ein wenig beunruhigt. Herr Karsten antwortete, ohne die Spritanzeige aus den Augen zu lassen: „Keine Sorge. Vorher sieht er uns am Radar.“

„Das ist ja sehr beruhigend“, war Bea nicht zufrieden.

„Der hat das Boot gestoppt. An irgendeiner Küste. Glaube ich halt“, schrie Iso.

„Lass mich mal sehen“, drängte sich der Kapitän dazwischen. Er studierte das Radar und wusste schließlich: „Der ist an der Küste von Grönland.

In zehn Minuten sind wir dort.“ Wieder gab er Vollgas und starrte in die Nacht hinaus.

„Was will der denn in Grönland? Ich dachte, der will nach Alaska“, wunderte sich Iso und auch seine Kumpels konnten sich das nicht erklären. Plötzlich bebte das ganze Boot und ein Krachen war zu hören. „Was war das? Haben wir etwas gerammt?“, plapperte es aus Jennys Mund.

„Das ist Treibeis. Ist gefährlich“, wurde Herr Viktonsen langsamer.

„Können wir da trotzdem durchfahren?“, fragte Zottel und ging raus und vor bis zum Bug. Es war eine sehr kalte und sternenklare Nacht, somit konnte Bea die Eisschollen genau erkennen.

„Mann, sind das viele“, staunte sie zähneklappernd und ging wieder auf die Brücke, da es im Freien zu kalt war. Jetzt verringerte der Kapitän das Tempo noch mehr, stellte die Maschinen ab, schaltete die Scheinwerfer aus und flüsterte: „Wir sind an der Küste. Da vor uns steht das Schnellboot.“

Auf Grönland

Vorsichtig legte er an dem Holzsteg an und sofort wurde das Schiff fest vertäut. „Zieht euch noch was drüber, denn die Außentemperatur beträgt -18 Grad", las Kapitän Viktonsen von der Anzeige ab. Herr Karsten hatte fünf dicke Winterjacken gerichtet und gab jedem von ihnen eine. „Die habe ich im Schrank gefunden", erklärte er.

Die Biker zogen die Jacken an, setzten sich auch noch eine Haube auf, nahmen Handschuhe und danach betrat Pommes als erster den morschen Holzsteg. Der knirschte sofort, als er seinen Fuß draufsetzte. Darum blieb er kurz ruhig stehen und lauschte in die Nacht. Aber es war nichts zu hören und so marschierte er zum Festland. Die anderen Biker folgten ihm und duckten sich hinter einem alten Auto, das am Ende des Steges stand.

„Vor uns ist ein Lichtkegel zu sehen", wisperte Zottel.

„Glaubt ihr, dass er dort vorne in der Hütte ist? Der wäre ja schön blöd, sich hier zu verstecken", fand das Maxium zu einfach.

„Sehen wir halt nach", zitterte Iso und verschwand in die Nacht. Vorsichtig schlich er sich an die Hütte heran und blickte durch das Fenster ins Innere. Nur eine Frau, die auf einem Schaukelstuhl saß und strickte, befand sich in der Hütte. Gerade, als er gehen wollte, fiel sein Blick auf die

Hüttentür, an der ein Mantel hing, von dem es hinuntertropfte. Der Frau war der Mantel um einiges zu groß und so begannen Bens graue Zellen zu arbeiten, wo der dazugehörige Besitzer war. Er bekam fast einen Herzinfarkt, als ihm jemand von hinten auf die Schultern klopfte. Seine Kumpels waren ihm gefolgt und sofort erklärte Iso, was er entdeckt hatte. Alle versuchten gemeinsam durch das Fenster zu blicken und sahen sich in der Hütte um. „Warum brennt im offenen Kamin kein Feuer?“, fiel Maxium auf.

„Eine gute Frage. Da ist doch was faul“, bemerkte Jenny und ging um die Hütte herum. Aber es war nichts zu entdecken und so ging sie wieder zurück. „Gehen wir doch hinein. Die Frau wird uns ja nicht überrumpeln“, wurde Iso mutig.

„Ich komme mit“, blieb Golden nicht zurück.

Bea, Girl und Pommes blieben am Fenster und guckten, was jetzt wohl geschehen würde. Golden und Iso öffneten die Tür, traten ein und gingen auf die Frau zu. Die strickte ohne eine Bewegung zu machen weiter. Erst als Iso freundlich grüßte, blickte sie auf. Erschrocken fielen ihr die Stricknadeln aus der Hand und sie versuchte sich danach zu bücken. Sie schaffte es aber nicht und so half Golden ihr. „Das ist Jenny und ich bin Ben“, stellte sich Iso vor.

„Hier drin ist es ja bitter kalt“, fröstelte Jenny und ging zum Kamin.

„Ihr dürft hier nicht sein. Wenn mein Sohn kommt, wird er euch verprügeln“, sprach die Frau etwas mühsam und erhob sich.

„Bleiben Sie doch sitzen. Ist Ihr Sohn denn hier?“, erkundigte er sich gleich. Sie setzte sich wieder hin und murmelte: „Ja, aber ich darf euch nicht verraten, wo.“

„Komm mal her“, rief Golden und war in den Kamin gekrochen.

„Was machst du da drinnen?“, wunderte sich Iso.

Sie hatte einen Hebel im Kamin entdeckt und probierte ihn nun sofort aus. Plötzlich drehte sich der Kamin und Jenny war verschwunden. „Geheimtür“, flüsterte die Frau und war schon wieder mit ihren Stricknadeln beschäftigt. Nun machte es auch Ben, wieder drehte sich der Kamin herum und auch er verschwand. Hinter dem Kamin befand sich ein kleiner Raum, der genau in der Mitte, auf dem Boden, eine Falltüre hatte. Dort stand Jenny und guckte durch Glas in die Tiefe. „Hast du was entdeckt?“, wurde Iso neugierig.

„Sieh doch selbst“, sagte sie und rückte ein Stück zur Seite. Inzwischen gingen auch Bea, Girl und Frank in die Hütte und unterhielten sich mit der Frau.

„Da unten ist der Boss vom Berg“, war Ben hocherfreut.

„Diesmal entkommt er uns nicht mehr“, war Jenny überzeugt. Aber sie hatten sich zu früh gefreut, denn der Mann blickte gerade nach oben, lief sofort zu einem Schneemobil und raste durch zwei Holztore hinaus in die Nacht. „Verdammt. Wir müssen ihm nach. Nicht, dass wir ihn doch noch verlieren“, schrie Golden, öffnete die Falltür und stieg über eine Leiter nach unten. Iso folgte ihr so schnell er konnte. Zum Glück stand noch ein zweites Schneemobil hier und sofort stiegen die Kumpels auf und Jenny startete. „Falsche Richtung“, brüllte Ben, als das Mobil rückwärts in einen Tisch fuhr. „Sorry, die verfluchte Technik“, scherzte sie und fand nun doch noch den Vorwärtsgang. Iso musste Jenny fest umklammern, damit er nicht in den Schnee fiel, als sie so richtig losfuhr. „Da vorne ist er. Den haben wir bald eingeholt“, freute sie sich.

Als sie den Lärm hörten, kamen auch die Biker neugierig aus der Hütte, und sahen gerade noch die beiden Schneemobile in die Nacht verschwinden.

„Wir werden sie damit verfolgen“, jubelte Pommes und ging zu einer Pistenraupe, die hinter der Hütte abgestellt war.

„Du glaubst wohl nicht, dass du so ein Ding steuern kannst“, lachte Maxium.

Es dauerte nicht lange und Pommes hatte den Zündschlüssel gefunden, steckte ihn rein und drehte ihn herum. Stotternd sprang der Motor an und Frank grinste: „Das Taxi ist abfahrbereit. Wer mit will, muss jetzt einsteigen.“ Der Rest der Bande kicherte und hüpfte schnell auf das Gerät und schon setzte es Pommes in Bewegung. „Ist es richtig, dass du zum Meer fährst?“, witzelte Bea.

Frank kämpfte noch mit der Steuerung und erst als er die Raupe im Griff hatte, meinte er: „Ich wollte die Raupe nur schnell waschen.“

Nun nahmen auch sie die Verfolgung auf. Golden fuhr gekonnt über die verschneiten Hügel und achtete darauf, den Boss nicht aus den Augen zu verlieren. Der raste in den Tannenwald und wäre beinahe runtergefallen, als er die tief hängenden Äste streifte. Besser machte es Jenny. Sie war geschwind im Wald und schaltete die Lichter ein.

„Da, rechts von uns fährt er“, zischte Iso. Sofort riss Golden den Lenker herum und fuhr nach rechts. Der Wald wurde immer dichter und bald musste Jenny langsamer weiterfahren, um den Bäumen auszuweichen. Der Boss nahm darauf keine Rücksicht und fuhr gegen einige Bäume und fiel auch einige Male runter. Deshalb holten Jenny und Ben immer mehr auf, bis plötzlich vor ihnen ein tiefer Graben auftauchte. Golden konnte nicht mehr bremsen, fuhr über die Böschung und stürzte in den Graben. Beide fielen im hohen Bogen von dem Mobil und landeten im tiefen Schnee.

„Alles in Ordnung mit dir, Jenny?“, erkundigte sich Iso und rappelte sich mühsam auf.

Auch Golden stand mühsam auf und stöhnte: „Alles in Ordnung. Das gibt nur einige blaue Flecken an den Beinen.“

Nachdem Iso einen Blick auf das Schneemobil geworfen hatte, zitterte er: „Das können wir vergessen. Totalschaden.“

„Und wie kommen wir wieder zurück?“, fröstelte es Jenny.

„Keine Ahnung“, war Ben ratlos.

„Das geht ja super“, jubelte Zottel und beobachtete genau, dass Jenny und Iso im Wald verschwanden. „Sie sind in den Wald gefahren“, rief sie.

Pommes steuerte bis zum Waldrand und blieb stehen. „Wo kommen wir hier nur durch?“, suchte Frank nach einer Möglichkeit. Maxium hatte eine Schneise gefunden und informierte Pommes: „Fahr nach links. Dort ist eine Möglichkeit“.

Sofort lenkte er nach links und fuhr in den Wald hinein. Es war sehr eng und daher mussten einige kleinere Bäume dran glauben, als Frank mit Vollgas durchbrauste. „Da vorne sind sie. Gleich haben wir sie eingeholt“, freute sich Bea.

„Warum fliegen die denn?“, runzelte Pommes die Stirn.

„Die sind gestürzt. Wir müssen zu ihnen“, war Zottel am verzweifeln.

„Da komm ich aber nie durch. Ihr müsst sie zu Fuß holen“, sagte Frank. Ohne weitere Überlegungen stiegen sie aus der Pistenraupe und liefen in den Wald. Da der Schnee sehr tief war, sanken sie immer wieder ein und es ging langsam vorwärts, aber schließlich hatten sie es geschafft und sie waren bei Ben und Jenny.

„Was wird denn das hier, wenn's fertig ist?“, stichelte Zottel.

„Keine Zeit für Scherze. Wir müssen den Boss schnappen“, konterte Iso und kroch auf allen Vieren zur Pistenraupe.

„Hinterher“, befahl Girl. Bei der Raupe angekommen, bekamen sie leichte Platzprobleme, denn es konnten normal nur drei Personen im Inneren sitzen. Bea und Jenny mussten auf dem Schoß von Maxium und Iso Platz nehmen. „Setzt diese Kiste endlich in Bewegung“, klopfte Bea Frank kräftig auf die Schulter. Pommes fuhr wieder los und scherzte: „Die Führung durch den Tannenwald wird nun fortgesetzt. Bitte schnallen Sie sich an“.

„Hahaha, das ist ja sehr komisch“, hustete Jenny und starrte in den Wald, damit sie wieder eine Spur fanden. „Da fährt er“, zeigte Zottel nach vorne, als das Schneemobil vorbeibrauste.

„Wir werden ihn gleich kriegen“, quatschte Frank und gab Gas. Die Pistenraupe flitzte durch den Wald und hatte das Schneemobil beinahe eingeholt, als Girl plötzlich schrie: „Vorsicht. Ein umgestürzter Baum. Da kommen wir nicht rüber.“

Sofort stieg Frank auf die Bremse und die Raupe machte einen Ruck, dass es Bea und Jenny beinahe aus der Windschutzscheibe schleuderte. „Entschuldigung, war ein wenig heftig“, rief Pommes.

„So schnappen wir dieses Monster nie“, griff sich Golden auf die Beule, die sich langsam auf ihrer Stirn bildete.

„Es gibt keinen Weg nach vorne. Wir müssen wieder zurückfahren“, jammerte Iso.

Da hatte Frank eine Idee: „Ich versuche was.“

Gespannt warteten die Biker, was Pommes wohl vorhatte. Er drehte die Pistenraupe um, und fuhr verkehrt an den Baum heran. „Ich weiß, was du vorhast“, strahlte Ben, hüpfte aus der Kabine und auch Girl stieg aus. „Nimm das Abschleppseil, das dort an der Seite hängt“, meinte Iso und schon hatte Maxium sich das Seil geschnappt und kam wieder zu Ben. Der band es hinten an der Pistenraupe fest, ging mit dem anderen Ende zum Baum und band es auch dort fest.

„Versuch es mal“, rief Ben und Frank fuhr vorsichtig los und es funktionierte prächtig. Der Baum bewegte sich und rollte auf die Seite. Maxium und Iso schoben kräftig mit und als endlich genug Platz zum Vorbeifahren geschaffen war, kraxelten sie wieder hinein und sofort wurde die Verfolgung wieder aufgenommen. Aber leider war der Boss nicht mehr zu sehen und so waren die Biker sehr enttäuscht. Trotzdem fuhr Frank langsam weiter, umkurvte geschickt die Tannen und plötzlich war der Boss wieder zu sehen. „Wo will der denn nur hin?“, überlegte Jenny.

„Vielleicht Wolle holen für die Frau in der Hütte“, grinste Frank.

Der Boss fuhr weiter, bis er wieder aus dem Wald war, und lenkte auf einen zugefrorenen See zu. Pommes stoppte die Karre und fluchte: „Das sieht gar nicht gut aus. Da können wir nicht nach. Wir sind zu schwer.“

„Du hast recht, aber wir müssen hinterher“, beharrte Golden und sprang aus dem Gerät und bat: „Kommt heraus, ihm ist der Treibstoff ausgegangen. Wir müssen ihm sofort nach.“

Vor lauter Hektik fiel Iso beinahe kopfüber aus der Raupe, aber er raffte sich sofort wieder auf. Die anderen Biker waren auch schnell draußen, liefen auf den zugefrorenen See und rutschten zum Boss. Der hatte große Probleme, auf dem Eis Vorwärtszukommen, und rutschte auf allen Vieren dahin. Golden war am geschicktesten, kam schnell vorwärts und hatte den Boss schon beinahe eingeholt, als es unter ihren Füßen zu krachen begann. Das Eis brach. Jenny wirbelte mit den Armen durch die Luft und versuchte weiter nach vorn zu springen. Es gelang ihr und sie landete auf der geschlossenen Eisdecke. Hinter ihr war ein Loch im Eis und das Wasser klatschte an die spitzen Ränder des Eises. „Alles in Ordnung, Eiskönigin?“, wollte Pommes wissen.

„Jaja, schon gut. Mir ist nichts geschehen“, stöhnte Golden und rappelte sich wieder auf. Inzwischen waren Maxium und Zottel weiter gerutscht, kamen dem Boss wieder näher, der noch immer mit dem Eis kämpfte und dabei immer unverständliche Worte schwafelte. Als sie bei ihm angekommen waren, packte Zottel ihn an den Füßen und hielt ihn fest. Nun kam Maxium zu Hilfe und war erschrocken: „Das ist der falsche. Sieh nur.“ Bea stand auf, blickte ihn an und war erstaunt: „Du hast Recht. Er ist es wirklich nicht.“

Nachdem auch Jenny, Ben und Frank gekommen waren, erkannten auch sie, dass es die falsche Person war, und während sie noch grübelten, schlich sich der Fremde langsam fort. „Lass ihn nur. Wir müssen den richtigen schnappen“, wusste Pommes und Iso meinte: „Zurück zur Pistenraupe.“

Sofort machten sie sich auf den Weg. „Zuerst schnell den Boss verfolgen und jetzt wieder zurück“, jammerte Zottel.

„Ja, das hält munter“, warf Frank ein.

Endlich wieder bei der Pistenraupe angekommen zwängten sich alle wieder hinein. Als alle wieder in der Pistenraupe saßen, starteten sie die Suche wieder von vorne. Aufmerksam beobachteten sie die Umgebung auf verdächtige Bewegungen. Sie hatten Glück, denn nach etwa zehn Minuten fanden sie ein Schneemobil, das vor einem großen Gebäude abgestellt war.

Die stillgelegten Firmen

Golden und Iso sprangen aus der noch langsam fahrenden Pistenraupe, liefen zum Gebäude und rissen an der Tür. Pommes bremste, und wieder warf es Bea von Girls Schoß „Was soll dass? Das hat wehgetan", schrie Zottel und rieb sich die Stirn.

„Tut mir wirklich leid. Habe gedacht, du wolltest einen Kopfstand machen", scherzte Frank.

Kopfschüttelnd stieg Bea aus und lief zu Jenny und Ben. Maxium und Frank folgten ihr und als alle beisammen waren, öffnete Golden die Tür. Nichts ahnend, was sich dahinter befand, traten die Biker in das Gebäude. Das ganze Gebäude war ein riesiges, dreistöckiges Viereck und in der Mitte führte eine Rolltreppe nach oben und eine andere nach unten in den Keller. Zusätzlich gab es an der Wand noch eine Holztreppe und es war sehr dunkel.

„Komm, Jenny, wir gehen nach oben", rief Zottel und stieg auf die Rolltreppe.

„Es ist sehr verwunderlich das die Rolltreppen in Betrieb sind. Das Gebäude sieht ja nicht gerade bewohnt aus", fiel Golden auf.

„Ja sehr verdächtig", murmelte Iso.

„Und Maxium und Iso gehen mit mir oder habt ihr etwa Angst von der Dunkelheit da unten?", witzelte Pommes und begab sich auf die andere

Rolltreppe. Maxium und Iso watschelten hinterher und gemeinsam fuhren sie nach unten. Es war stockdunkel, deshalb mussten sie einige Sekunden warten, bis sich ihre Augen daran gewöhnt hatten, danach gingen sie weiter.

„Leise, ich habe was gehört“, murmelte Girl und blieb stehen, um zu lauschen.

„Da schnarcht jemand“, wunderte sich Ben und wagte sich ein Stück vor. Aus dem Nichts sprang plötzlich eine Frau hervor und richtete sich vor den Bikern auf. Da sie groß wie ein Riese war, wich Ben wieder zurück und stotterte: „Hallo, wer sind Sie? Was machen Sie hier?“

„Grüß euch. Na was glaubt ihr denn, ich wohne hier unten. Draußen ist es jetzt etwas zu kalt zum Schlafen“, antwortete die Frau und knipste eine Taschenlampe an. Nun war den Bikern alles klar, als sie auf das Gewand der Frau blickten, denn es war dreckig und zerrissen.

„Was glotzt ihr denn so? Habt ihr noch nie eine so große Frau gesehen?“, erklärte sie und wollte wieder gehen, da rief Girl: „Warten Sie bitte. Ist ein Mann kurz vor uns schon hier unten gewesen? Er hat eine Glatze und ist dick.“

„Nein, tut mir leid. Geht jetzt lieber, denn wenn Horst aufwacht und euch hier sieht, kann er sehr ungemütlich werden.“ Sie schaltete die Taschenlampe aus und schon war die Frau in der Dunkelheit verschwunden.

„Ich glaube ihr", meinte Girl und Iso flüsterte: „Und du, Pommes?"

„Fahren wir nach oben und hoffen, dass Bea und Jenny mehr Glück haben", war Frank einverstanden. Maxium war schon bei der Rolltreppe und fuhr nach oben, als ein greller Schrei zu hören war. Blitzschnell liefen Ben und Frank zur Rolltreppe und fuhren nach oben, wo sie auf Girl stießen, die nicht genau wusste, wo der Schrei herkam. „Nach oben", befahl Iso und lief zu der anderen Rolltreppe und rannte so schnell nach oben, dass Maxium und Pommes beinahe nicht hinterher kamen.

Oben angekommen, sahen sich die zwei um, aber es lagen nur Schachteln und Töpfe auf dem Boden und viele leere Regale standen herum. Es herrschte ein wildes Durcheinander, denn überall war Erde und Schotter verstreut, Spinnweben hingen von der Decke und viele verkümmerte Pflanzen standen herum. „Ich glaube, wir sind hier in einer Gärtnerei", wisperte Zottel und schlich vorsichtig hinter die Regale.

„Hier gibt es genug Verstecke", murmelte Jenny und ging ebenfalls weiter. „Sei bloß vorsichtig", mahnte Zottel, als sie hinter einem Regal eine tote Katze liegen sah. Golden ging zwischen zwei Regale durch, von denen ein Plastik hing, und als sie sich bückte und unten durchkroch, stand sie vor einem Stapler. Sie beachtete ihn gar nicht weiter, sondern strich die Spinnweben beiseite und suchte weiter. Jenny kam wieder zu Bea, die hinter einem Regal stand und klagte: „Außer Spinnen und einer toten Katze habe ich nichts gefunden."

„Wo ist der nur hin?", suchte Golden eine Antwort. Plötzlich wurde der Stapler gestartet und gerade als sich Jenny und Bea umdrehen wollten, wurde schon ein Regal auf die beiden zugeschoben.

„Der wird uns zerquetschen", bemerkte Zottel, als sie sah, dass es zwischen den Regalen immer enger wurde.

„Hilfe, rettet uns", schrie Golden und versuchte, auf das Regal zu klettern. Da es die einzige Möglichkeit war zu entkommen, kletterte Bea hinterher.

„Ich kann nicht erkennen wer am Steuer sitzt", klagte Golden. Als der Staplerfahrer das bemerkte, versuchte er die beiden von dem Regal zu schütteln, aber die Biker hielten sich eisern fest. Er fuhr mit dem Regal an die Wand, um so das Problem zu lösen, als Zottel rief: „Spring". Sofort wurde der Befehl ausgeführt und beide sprangen hinunter auf einen Haufen Erde. „Lauf, jetzt wird er richtig wütend", vermutete Golden und half Bea hoch. Der Stapler fuhr rückwärts weg, denn es tauchten die Köpfe der anderen Biker auf der Rolltreppe auf. Frank konnte gerade noch auf die Seite hechten, sonst wäre er gerammt worden. Ben und Girl warteten auf den richtigen Zeitpunkt und sprangen auf den Stapler auf. Wieder bewegte sich der Stapler vorwärts und durch den Ruck wäre Girl beinahe runtergefallen. Gerade noch erwischte Ben ihre Hand und hielt sie fest. „Keine Zeit zum Händchenhalten“, witzelte Pommes und lief dem Stapler hinterher.

„Gleich haben wir ihn“, rief Jenny und nun versuchten alle den Stapler zu stoppen. Iso versuchte in die Kabine zu kommen, um die Person, die mit dem Stapler fuhr, hinauszubefördern. Von links zwängte er sich in die Kabine, versetzte dem Mann einen Stoß und Maxium zerrte ihn auf der rechten Seite heraus.

„Lasst mich los! Ich habe nichts getan!“, wehrte er sich kräftig und sofort kamen Jenny und Bea zu Hilfe.

„Verdammt, das ist schon wieder der falsche“, erkannte Pommes und ließ den Mann los.

„Ich bin Gerhart. Habe hier mal gearbeitet und was macht ihr hier?“, schwafelte er, nachdem er sich vom Schlag erholt hatte.

„Wir haben jemanden verfolgt. Hier haben wir seine Spur verloren“, erklärte Maxium.

Bea forschte weiter: „Hast du vielleicht jemanden gesehen?“

„Ja, ein großer, stark gebauter Typ mit Glatze kam vor etwa zehn Minuten hier vorbei und ging nach oben“, sprudelten die Worte aus Gerharts Mund.

„Warum hast du versucht, uns zu töten?“, wollte Jenny wissen und er antwortete: „Das war ein Missverständnis. Wollte euch nur Angst machen. Habe geglaubt, ihr wolltet mich verpetzen, denn ich klaue die noch ganzen Blumentöpfe, die hier so herumliegen.“

„Na ja, wegen dir sind wir eh nicht hier. Wir müssen diesen Kerl jetzt endlich schnappen“, wurde Zottel schon ungeduldig.

„Was befindet sich über uns?“, erkundigte sich Iso.

„Eine aufgelassene Tischlerei“, wusste Gerhart. Girl und Ben hüpften vom Stapler und schon waren die Biker unterwegs zur Rolltreppe, um weiter nach oben zu kommen. Vorsichtig blickten sie sich um, aber auf den ersten Blick war nichts Verdächtiges zu sehen. In der Mitte des Raumes stand eine Kreissäge, um der herum Plattenreste gestellt waren. Auch hier hingen überall Spinnweben herum, der Boden war voll mit Sägespänen und an den Wänden standen Hobelbänke, auf denen noch Werkzeug herumlag. Zottel interessierte sich aber für die großen Absaugungsrohre, die über ihren Köpfen hingen.

„Vielleicht versteckt er sich dort oben“, vermutete Bea und stieg auf eine Leiter, die an einer Hobelmaschine gelehnt war. Sie kletterte hoch und blickte in das Rohr, denn es fehlte ein Zwischenstück und so konnte sie hineingucken. „Hier ist er nicht. So weit ich das sehen kann“, schnaufte sie und wollte wieder runterklettern, als sie plötzlich ausrutschte. Da nichts anderes in der Nähe war, versuchte sie sich an dem Rohr festzuhalten. Das gab aber sofort unter ihrem Gewicht nach und stürzte mit einem lauten Knall mit Bea zu Boden.

„Für artistische Einlagen haben wir keine Zeit“, war Pommes wieder einmal besonders komisch.

„Das ist nicht witzig“, rief Maxium und kam Zottel zu Hilfe.

„Hast du dir was getan?“, half Ben ihr auf, der auch schon bei ihr war.

„Geht schon. Habe nur meinen Arm abgeschürft.“ Bea rieb sich am rechten Ellbogen. Gerade als sich Zottel wieder aufrichten wollte, schrie Frank: „Ich habe ihn.“ Er lief los und klammerte sich an einem Sack, der neben der Kreissäge stand und rief: „Haben wir Sie endlich!“

Erstaunt drehten sich die Biker um und sahen zu, wie Frank mit dem Sack kämpfte. Plötzlich lachten sie laut auf, als sie sahen, dass ein Schneehase aus dem Sack kam und davon hoppelte. „Was war das denn für eine Showeinlage?“, lachte Jenny, drehte sich um und suchte weiter nach dem Boss. Schnell hatten sich alle wieder beruhigt, denn sie mussten diesen Kerl endlich erwischen. „Fahren wir weiter nach oben“, schlug Ben vor und war wieder auf der Rolltreppe. Girl und Frank wollten hier noch weitersuchen und blieben unten. Oben angekommen, riss Iso sofort Jenny und Bea auf die Seite. Er hatte sich hinter einer Truhe versteckt, denn vor ihnen saßen zwei große Männer, die einen eleganten schwarzen Anzug anhatten. Vorsichtig blickten die drei über den Deckel und sahen, dass die Männer vor einem Kasten saßen und Karten spielten. „Warum spielen die hier wohl Karten?“, fragte Bea und sofort überlegte Ben: „Die bewachen den Kasten.“

„Das ist nicht dein Ernst“, konnte es Jenny nicht ganz glauben, aber Bea wusste es besser: „Seht ihr keine Filme? Das ist bestimmt ein geheimer Eingang.“

„Warum sind sie dann nicht runtergekommen, als wir mit dem Stapler unsere Probleme hatten und du mit den Absaugungsrohr abgestürzt bist?“, wunderte sich Iso. „Schau auf ihre Ohren. Die haben Kopfhörer auf. Ich glaube nicht, dass sie uns da hätten hören können“, fand Golden eine Erklärung.

„Wird wohl so gewesen sein“, nickte Bea.

Nicht lange und Zottel hatte eine Idee, die Wachen abzulenken, und sie suchte ihr Handy unter der Jacke. Sie schrieb eine Warnung an Girl und Pommes, wählte die Nummer von Franks Handy und hoffte, dass er es hören würde. „Wir müssen sie jetzt nur noch dazu bringen, ihre Kopfhörer abzunehmen", erklärte Bea.

„Da weiß ich schon was", wurde Golden geheimnisvoll und durchsuchte ihre Hosentaschen. Schnell wurde sie fündig und warf etwas auf den Kopf von einem der Männer. „Was hast du da geworfen?", wunderte sich Iso und sofort rief Jenny: „Na was wohl? Einen Stein aus der Gärtnerei."

Sofort nahmen die Wachen die Kopfhörer ab und schon war ein dumpfes Klopfen und Scheppern zu hören. Tatsächlich funktionierte es, denn die Wachen sprangen auf und liefen die Rolltreppe hinunter. „Diese dummen Kerle", schmunzelte Bea und ging zum Kasten. Jenny und Ben folgten ihr und schwupps, waren sie auch schon im Kasten verschwunden. Im Inneren war es zu dunkel, um etwas sehen zu können, und so vermutete Bea: „Sackgasse. Hier geht's nicht weiter". „Glaubst du wirklich?", wisperte Golden und blickte durch die Rückwand, die aus einem dicken schwarzen Vorhang bestand.

„Was ist dahinter?", wurde Iso schon ungeduldig.

Die Spielhölle

Jenny versuchte alles zu erblicken, aber der Raum dahinter war einfach zu groß und sie erzählte: „Ihr werdet es nicht glauben, aber dahinter ist sicher eine illegale Spielhöhle."

„Bist du dir da sicher?", fragte Ben noch einmal nach.

„Ich bin doch nicht von gestern", schnaufte Golden. Da wurde plötzlich die Kastentür aufgerissen und den Bikern blieb die Luft weg.

„Hoffentlich finden wir diesen Typen bald, denn mir frieren schon die Zehen und die Finger ab", fröstelte Maxium. Nickend ging Pommes weiter, blieb vor einem silbernen Bild stehen und betrachtete es genauer. „Das gehört hier doch gar nicht her", grinste Frank. Da kam nun auch Girl zu ihm und betrachtete das Bild ebenfalls: „Du hast recht." Das Bild war aus Metall und erst vor kurzem hier angebracht worden, darum versuchte es Frank von der Wand zu nehmen und zu untersuchen. Maxium konnte nur mit Mühe einen Schrei zurückhalten, als sie erblickte, was sich hinter dem Bild befand. Dahinter befand sich ein Speiseaufzug, an dem noch Reste des letzten Essens, das der Aufzug transportierte, hingen. Das sah so aus, als würden lauter tote Mäuse herumliegen und deshalb hatte Girl beinahe geschrien. Nach diesen kleinen Schock hängte Frank das Bild wieder zurück und ging weiter nach hinten. Am hinteren Ende war ein Fenster, das natürlich auch ganz verdreckt war, aber das war kein Problem. Er wischte mit einem Tuch, das links neben dem Fenster hing, eine kleine Stelle ab, guckte aus dem Fenster und holte sofort Girl. „Sieh mal, die vielen Autos, die da unten parken“, sagte er und ließ Girl gucken und ihr fiel sofort auf: „Das sind ja alles super teure Sportwagen. Alles nur Ferraris und Porsches, so weit ich das sehen kann.“

„Bleibt nur noch die Frage, wo die alle sind. Im Keller waren nur zwei Obdachlose“, wusste Pommes und Maxium fuhr fort: „Und dieser verrückte Kerl, der unter uns Blumentöpfe klaut.“

„Es gibt nur noch ein Stockwerk über uns. Also muss er da oben sein“, zwitscherte Frank. Beide blickten nach oben und Girl grübelte: „Dann müssen wir auch nach oben. Hoffentlich sind unsere Kumpels noch aktiv.“ Gerade als sie losgehen wollten, klingelte Franks Handy, das er sofort aus der Hosentasche holte. Er lass die angekommene SMS laut vor: „Lärm machen, damit zwei Männer runterkommen. Bitte danach aufhalten.“

„Machen wir doch glatt“, jubelte Girl, nahm ein Stück Holz, das auf dem Boden lag und klopfte damit auf den Boden. Auch Pommes machte mit und trommelte mit den Fäusten auf das Metallbild.

„Aufhören, sie kommen", wisperte Pommes und schnell gingen sie hinter der Kreissäge in Deckung. Die Männer blieben zuerst am Ende der Rolltreppe stehen, sahen sich um und kamen weiter in den Raum hinein. Als sie an der Kreissäge vorbeikamen, stellten Girl und Frank ihnen ein Bein und sofort hob es sie aus den Schuhen und sie fielen geradewegs auf den Boden. „Schnell, wir müssen sie mit irgendwas fesseln und ihnen den Mund verkleben", befahl Maxium und versuchte, die Männer inzwischen in Schach zu halten. Sie schaffte es aber nicht und einer der Männer stand wieder auf. Gerade als dieser sich auf Maxium stürzen wollte kam Gerhart die Rolltreppe rauf und meinte: „Was ist das für ein Lärm hier oben? Was macht ihr da?"

„Hilf mir bitte," flehte Girl die schon im Würgegriff des Mannes war. Auch Frank hatte inzwischen gemerkt das Girl es nicht alleine schaffte und wollte ihr helfen und lief los, aber er stand am anderen Ende des Raums. Gerhart erkannte das auch und rannte zu ihr und schlug den Mann einen Keramik Topf auf den Kopf. Der hatte nicht gesehen dass Gerhart angestürmt kam da er verkehrt stand. Bewusstlos sank dieser zu Boden und so konnte sich Girl aus seinem Griff befreien. Noch stöhnend sagte sie: „Dank dir. Frank hast du schon etwas gefunden um sie zu fesseln?" Pommes schüttelte den Kopf und startete die Suche wieder.

Er rannte wie ein Huhn durch die Gegend und fand schließlich einen Ledergurt. Strahlend lief er zurück zu Girl. Gerhart kramte in seiner Hosentasche und holte ein dickes Geschenks Band hervor. Strahlend hielt er es Girl vor die Nase und auch Frank präsentierte seinen Fund.

„Das habt ihr toll gemacht“, lobte sie und sofort fesselten sie die beiden. „Wir benötigen noch was, damit sie nicht schreien können“, rief Maxium und da zog Frank aus seiner Jackentasche das Tuch heraus, mit dem er das Fenster abgewischt hatte, und scherzte: „Abrakadabra, hier hast du dein Tuch.“

„Scherzkeks. Hilf mir lieber“, lachte Girl.

„Und jetzt ab nach oben“, drängte Frank und lief los. Maxium war dicht dahinter und schnell waren sie im oberen Stockwerk. Gerhart schüttelte den Kopf den er konnte sich das alles nicht erklären und ging wieder zur Rolltreppe um nach unten zu fahren. Verwundert flüsterte Girl: „Wo sind sie denn? Hier ist nichts, außer einer Truhe und dieser Kasten.“

„Vielleicht verstecken sie sich in der Truhe“, vermutete Pommes, aber Girl widersprach ihm: „Da haben sie ja nie Platz. Sie sind eher im Kasten.“

„Woher willst du das denn wissen?“, war er verblüfft.

„Versuchen wir es. Danach sind wir gescheiter", grunzte Maxium, riss die Türen auf und erschrak, als dahinter die Gesichter der anderen Biker auftauchten.

„Gott sei dank seid es ihr", war Bea erleichtert.

„Was macht ihr hier im Kasten? Sucht ihr Holzwürmer?", wollte Frank wissen.

„Habt ihr etwas entdeckt?", hatte Maxium wieder eine ernste Frage.

„Ein geheimes Casino. Mit vielen Besuchern. Wie sollen wir die nur alle überwältigen?", fragte sich Jenny und Iso rief: „Frank, passt dir ein Anzug von den Typen, die ihr unten gefangen habt? Mit dem kommst du doch hinein?"

„Das ist es. Ich werde es sofort versuchen. Bis bald", strahlte Pommes und rannte wieder hinunter in die Tischlerei. Golden folgte ihm und half ihm dabei, dem kleineren der Männer die Schuhe und die Hose auszuziehen, und Frank zerrte am Sakko und dem Hemd. „Die sind immer noch bewusstlos", erkannte Frank.

„Ja, du hast Recht. Da habt ihr ganze Arbeit geleistet", meinte Jenny. Zu zweit schafften sie es und so zog sich Pommes geschwind die Sachen an. Als er fertig war, rannten beide die Rolltreppe wieder hinauf. Oben angekommen zwängte Frank sich durch den Vorhang. Die Damen und Herren an den Spieltischen beachteten Frank gar nicht, denn die waren so vertieft in ihre Spiele und so konnte er sich ungestört umschauen. Der Raum war groß und es waren mindestens zwanzig Personen darin. Die Fenster waren mit Brettern zugenagelt und einen weiteren Ausgang gab es nicht. Alle waren elegant gekleidet, aber jeder von ihnen schien irgendetwas zu verbergen. Er schlich um die Tische, blickte unauffällig auf die Leute und dachte: „Da sitzt er ja."

Noch einmal blickte er sich um und als er sicher war, dass niemand ihn verfolgen würde, ging er wieder zum Kasten und schlüpfte durch den Vorhang, hinter dem die Biker gespannt warteten.

„Erzähl schon. Ist er da drinnen?", wurde Jenny schon ungeduldig. Auch der Rest starrte ihn mit feurigen Augen an und schon begann Pommes zu berichten: „Ja, er sitzt am mittleren Tisch und spielt eine Runde Poker. Er ist ganz ruhig, so, als sei nichts geschehen. Aber wie wir ihn da rausbekommen wollen, ist mir ein Rätsel."

„Lassen wir doch gleich die gesamte Spielhölle hochgehen", meinte Zottel und darauf sagte Iso: „Das ist eine gute Idee. Frank, gibt es noch einen weiteren Zugang zum Casino?"

„Nein, und auch die Fenster sind vernagelt. Man kommt nur hier rein und wieder raus", wusste Frank.

„Dann ist ja eh alles klar. Wir müssen die Polizei rufen und den Kasten verriegeln, bis sie kommen", hatte Iso eine super Idee. Die Biker blickten sich an und schließlich nickten sie und schon begannen sie mit der Arbeit. Frank blieb am Kasten stehen und beobachtete weiterhin die feine Gesellschaft. Girl nahm ihr Handy, rief die Polizei an und Jenny, Bea und Ben gingen in die Tischlerei und holten einen Hammer, Nägel und einige Bretter. Die beiden Wachposten schliefen noch immer. „Wir müssen schnell sein, denn wenn sie was merken, bevor wir den Kasten zugenagelt haben, sieht es schlecht für uns aus", trieb Ben seine Kumpels an. „Die Polizei wird gleich hier sein", war Maxium erleichtert. Frank wunderte sich und flüsterte: „Die haben dir geglaubt?"

„Natürlich. Sie vermuten schon lange, dass hier eine Spielhölle sein soll, aber bei den Razzien kamen sie immer zu spät. Sie vermuten, dass ein Spitzel dahinter steckt", berichtete Girl.

Pommes kam nun aus den Kasten.

„Hoffentlich schaffen wir es", hoffte Bea und hielt ein Brett an den Kasten. Iso nahm die Nägel, nagelte das Brett fest und wartete auf das nächste. „Sie kommen. Der Lärm hat sie aufgeschreckt. Beeilt euch!", sah Frank, dass Stühle verschoben wurden und sich zahlreiche Schritte näherten.

„Schnell, das nächste Brett", befahl Girl und sofort hatte Pommes eins in der Hand und hielt es wieder an den Kasten. Iso nagelte es fest und schon rissen die Personen, die nun eingesperrt waren, an den Türen. „Das hält nicht. Holt schnell noch eins“, stammelte Pommes und stemmte sich gegen die Türen, denn die Bretter begannen sich durch den Druck zu biegen. Ohne weiter nachzudenken lief Ben wieder hinunter in die Tischlerei und holte noch ein Brett. Jenny, Bea und Girl stemmten sich auch gegen den Kasten und halfen Frank dabei, die Personen zurückzuhalten. „Hoffentlich kommt die Polizei bald einmal daher. Der Kasten wird das nicht mehr lange durchhalten“, vermutete Golden. „Holt ein Brecheisen. Wir müssen hier rauskommen“, hörten die Biker eine Frau rufen. „Na endlich bist du wieder hier. Dachte schon, du wolltest das Brett noch hobeln und lackieren“, stichelte Pommes und Iso gab ihm mit dem Brett einen Klaps auf den Hintern. So schnell er konnte, nagelte er auch dieses Brett fest.

„Gebt das Eisen nach vorne“, war nun die Stimme eines Mannes zu hören und schon begannen sie den Kasten von innen heraus aufzubrechen. Das Holz war schon ziemlich morsch und das Brecheisen kam schnell durch. „Lange können wir sie nicht mehr zurückhalten“, schnaufte Jenny und stemmte sich so fest sie konnte gegen den Kasten. Plötzlich waren Schritte auf der Rolltreppe zu hören und das Gesicht von Gerhart kam zum Vorschein. „Habe schon wieder Geräusche gehört und dachte, ich sollte mal nachsehen, was ihr hier so treibt“, rief er und kam auf die Biker zu.

„Da hast du aber lange gebraucht", war Bea der Typ nicht ganz geheuer.

„Na, wenn das so ist, werde ich mich wieder verdrücken", war Gerhart eingeschnappt und wollte wieder gehen.

„Hilf uns bitte noch mal. Wir können sie nicht mehr lange zurückhalten", flehte Maxium und ein Lächeln war auf Gerharts Gesicht zu sehen. „Natürlich", antwortete er und warf sich an den Kasten. Gerade als die Polizeisirenen zu hören waren, wurde die rechte Seite des Kastens ganz zerstört und schon versuchte eine Frau hindurchzuschlüpfen. Sofort bekam sie von Gerhart einen Stoß und sie fiel zurück in den Kasten. Da waren wieder Schritte zu hören und die Biker erschraken, als sie sahen, dass es die beiden Wachen waren.

„Macht sofort auf oder wir werden euch umnieten", rief einer der beiden und zog eine Waffe unter seiner Jacke hervor. Auch der zweite holte seine Waffe hervor und richtete sie auf die Biker.

„Habt ihr diese Trottel denn nicht gefilzt?", richtete Iso seinen Blick auf Maxium und Pommes.

Erste Verhaftungen

Die schüttelten nur den Kopf und sofort erhellte sich ihre Mine wieder, denn hinter den Wachen tauchten fünf Polizisten auf und schrien: „Lassen Sie die Waffe fallen und halten Sie Ihre Hände in die Höhe!“ Ohne sich umzudrehen, ließen sie die Waffen fallen und hielten die Hände hoch. Die Biker gingen ein Stück zurück und schon fiel der Kasten auseinander und die Frauen und Männer purzelten heraus und starrten auf die Polizisten.

„Keine Bewegung. Sie sind alle verhaftet“, schrie einer der Polizisten und kam auf die Biker zu. „Ich bin Kommissar Redhose und wer seid ihr? Habt ihr die alle alleine in Schach gehalten? Warum seid ihr hier?“, wurden die Biker gleich mit Fragen bombardiert.

„Zu Frage eins: Wir sind die Biker und lösen jeden Fall“, sang Pommes und Zottel rief: „Wir alleine haben die Typen gefunden und festgehalten.“

„Wir haben einen Mann verfolgt, der die Schiffe entführt hat und sich hier versteckt hielt“, wusste noch Jenny und sofort fügte Iso noch hinzu: „Er wohnt an der Küste und hat sich mit uns eine wilde Verfolgungsjagd geliefert. Wir blieben ihm aber immer auf der Spur.“

Verdutzt blickte der Beamte die fünf an und wollte wissen: „Welcher ist es?“

„Der, der da hinten eine Zigarre raucht. Das ist der Typ“, zeigte Girl den Polizisten den Täter.

„Gut, wir werden uns darum kümmern. Jetzt müsst ihr mir aber die ganze Geschichte von Anfang an erzählen“, war Kommissar Redhose schon gespannt auf die Geschichte. Sofort begannen die Biker die ganze Geschichte von vorne zu erzählen. Nach zehn Minuten hatten sie alles erzählt und um sie herum standen ein Dutzend Polizisten, die gespannt zugehört hatten.

„Da habt ihr ja ein schönes Abenteuer erlebt“, lächelte der Kommissar.

„Wir müssen wieder zurück zum Boot“, fiel Jenny plötzlich ein.

„Das braucht ihr nicht, denn wir haben Kapitän Viktonsen und die anderen, die noch an Bord waren, schon geholt und ins Präsidium gebracht“, widersprach der Kommissar und fügte noch hinzu: „Sie haben uns schon erzählt, dass ihr eine Person verfolgt und noch nicht zurück seid.“

„Bringen Sie uns auch ins Präsidium?“, wollte Pommes wissen und Zottel hätte gerne gewusst: „Sind wir hier wirklich auf Grönland?“

„Das seid ihr wirklich“, bestätigte Kommissar Redhose. „Kommt, wir werden euch jetzt ins Präsidium bringen“, rief ein anderer Polizist und die Biker gingen mit ihm mit. Vor dem Gebäude parkten zwei große Busse, um die Festgenommenen aufs Präsidium zu bringen und viele Polizeiwagen standen kreuz und quer im Schnee.

„Alles einsteigen bitte“, befahl der Polizist und die Biker stiegen in den Geländewagen, der sofort losfuhr. Nach fünfzehn Minuten waren sie angekommen und sie gingen ins Präsidium.

„Hallo, da seid ihr ja endlich wieder“, wurden sie von Herrn Karsten schon freudig begrüßt.

„Habt ihr den Typen wenigstens erwischt?“, forschte Kapitän Viktonsen und wieder erzählten die Biker stolz ihr Abenteuer.

„Das habt ihr wieder toll hingekriegt“, lobte Franks Onkel und der Kapitän nickte zustimmend.

„Wie kommen wir wieder nach Hause?“, wollte Zottel wissen und Herr Karsten antwortete: „Wir werden direkt nach Wien zurückfliegen.“

Nach der guten Nachricht ließen sich die Biker auf ein Sofa fallen und entspannten erst einmal.

„Das war wieder einmal ein Abenteuer“, gähnte Golden und Maxium trällerte: „Sonst wär’s uns eh zu langweilig geworden.“

„Du hast es erfasst. Ohne Abenteuer wär’s ja gar kein richtiger Urlaub“, schmunzelte Iso und gähnte.

„Die Ruhepause habt ihr euch jetzt wirklich hoch verdient“, sprach Kommissar Redhose, als er zurück war.

„Wie meinen Sie das denn?“, wunderte sich Pommes und er antwortete: „Unter den Verhafteten war ein gesuchter Betrüger, auf den eine Belohnung ausgesetzt ist. Die werdet ihr natürlich bekommen."

Die Biker sahen sich an und Zottel meinte: „Danke. Wenn Sie wieder jemanden benötigen, der einen Fall lösen kann, sind wir natürlich zur Stelle."

Alle Polizisten, die in den Raum waren, lachten und Kommissar Redhose informierte: „Euer Flieger geht erst in sechs Stunden. Ihr könnt euch hier ruhig noch ausruhen."

„Vielen Dank. Das Angebot nehmen wir an", gähnte Golden und kuschelte sich ins Sofa. Der Kommissar und die anderen Personen verließen den Raum und ließen die Biker alleine. Denen fielen sofort die Augen zu und sie wachten erst wieder auf, als sie von Kommissar Redhose geweckt wurden. „Kinder, wacht auf, ich muss euch etwas Wichtiges sagen", rüttelte er die Biker wach.

„Was ist los?", wollte Bea wissen und stand auf. Als alle wach waren, begann Kommissar Redehose zu erzählen: „Wir haben Marko Boss verhört und er behauptet, nicht der Chef zu sein. Sein Chef, Herr Ruzo, wartet in Alaska auf die Schiffe. Er sagte auch noch, dass er ein Spieler ist, deshalb viele Schulden hätte und nur darum hatte er diesen Job angenommen. Normalerweise verkauft er Christbäume."

Nachdem er das erzählt hatte, holten die Biker einmal tief Luft und schließlich meinte Iso: „Sie werden uns das doch nicht zum Spaß erzählen, oder doch?“

„Ist leider mein voller Ernst“, beruhigte der Kommissar. „Wir sollen jetzt sicher nach Alaska, um dort den wahren Täter die Handschellen anlegen“, wusste es Girl schon und Kommissar Redehose rief: „Das kann ich von euch nicht verlangen. Wir haben die Polizei auf Alaska schon informiert, aber die wollten uns nicht so recht glauben.“

„Also sollen wir Helfen? Ich wäre bereit dazu und was ist mit euch?“, sprach Pommes und sofort jubelte Golden: „Wir klären unsere Abenteuer doch immer ganz auf. Also ich bin auch dabei.“

Bea, Girl und Ben freuten sich auch und auch sie waren dafür. „Ihr bekommt einen unserer besten Leute mit. Er wird euch helfen, damit ihr nicht in Schwierigkeiten geratet“, war der Kommissar erfreut, dass die Biker dafür waren, obwohl ihm nicht ganz wohl bei der Sache war.

„Wir unterstützen euch natürlich“, hörten sie eine bekannt Stimme. Es war Herr Karsten der gerade in den Raum kam und hinter ihm trotteten Markus und Walter herein.

„Wo sind eigentlich meine Eltern und der Rest der Passagiere von der Delphine?“, erkundigte sich Pommes. „Deine Eltern und die anderen Passagiere wurden nach Farewell gebracht. Wir sind hier in Godhåb. Es dauert circa vier Stunden, bis sie mit dem Auto hier sind", klärte der Kommissar auf.

„Dann werden sie bald hier sein", fiel Zottel auf, als sie auf die Uhr blickte. „Aber nur, wenn die Straßenverhältnisse gut sind", fuhr Kommissar Redhose dazwischen. Plötzlich klopfte es an der Tür und zwei lächelnde Gesichter guckten in den Raum. „Mama, Papa, schön euch zu sehen", war Frank glücklich, sie endlich wiederzusehen und schon fielen sie sich in die Arme. Auch der Rest der Biker kam nun herbei und geschwind wurden auch sie in die Arme genommen. „Erzählt ihr uns jetzt eure Abenteuer?", war Frau Lot schon sehr neugierig. Bevor die Biker etwas sagen konnten, wurden sie vom Kommissar unterbrochen. „Wir müssen uns auf den Weg machen. Herr Ruzo weiß noch nicht, dass der Berg gesunken ist. Er wartet immer noch auf die Schiffe", drängte der Kommissar.

„Wo wollt ihr denn schon wieder hin?", konnte es Herr Lot gar nicht fassen.

„Nach Alaska. Wir müssen noch den Chef dieser Bande hochgehen lassen", versuchte Girl zu erklären.

„Ganz alleine?", machte sich Frau Lot große Sorgen.

„Natürlich nicht. Ich persönlich werde mitkommen“, verkündete der Kommissar.

„Das beruhigt mich nicht ganz, aber wie ich euch kenne, habt ihr schon ja gesagt“, seufzte Herr Lot. Da riefen die Biker im Chor: „Natürlich, das lassen wir uns doch nicht entgehen.“

„Und wir sind auch dabei“, meldete sich Franks Onkel und zeigte auf Markus und Walter.

„Wenn das so ist, können wir euch nicht mehr umstimmen“, wusste Frau Lot und sofort meinte Pommes: „Hast Recht, Mama. Wir haben es schon beschlossen.“

„Hier habt ihr eure Reisepässe. Die werdet ihr sicher benötigen“, rückte Herr Lot mit den Pässen raus.

„Wir müssen jetzt aber wirklich los“, wurde der Kommissar schon ungeduldig. Wieder einmal verabschiedeten sich die Biker von Frau und Herrn Lot und folgten Kommissar Redhose. Sie gingen wieder zu einem Polizeiauto und stiegen ein. „Wir werden zum Flughafen fahren. Unser Flieger startet sofort, wenn wir dort sind“, plapperte der Kommissar.

„Ein Privatjet?“, erkundigte sich Jenny sofort.

„Ja, aber nicht von der Polizei, sondern von einem Freund“, antwortete Kommissar Redhose. Der Rest der Fahrt wurde nicht mehr gesprochen. Am Flughafen angekommen, sprangen sie geschwind aus dem Auto und stiegen blitzschnell in den Flieger. „Schnallt euch bitte an“, sprach der Pilot noch mit den Bikern und stieg ins Cockpit.

„Ich bin noch nie mit einem Privatjet geflogen“, strahlte Zottel und setzte sich an eins der Fenster. Das Flugzeug rollte geschwind auf die Startbahn und schon ging die Reise nach Alaska los. „Wie lange werden wir fliegen?“, wollte Golden von Kommissar Redhose wissen und die Antwort kam prompt: „Eine halbe Stunde.“

„Da ist es sicher noch kälter als in Grönland“, fiel Maxium ein.

„Ja, du hast Recht. Die Temperatur beträgt zurzeit -23 Grad Celsius“, las der Kommissar von seinem Laptop ab.

„Das ist ja sehr kalt. Haben wir noch etwas mit, um uns wärmer anzuziehen?“, fröstelte es Iso.

„Natürlich, aber zieht es bitte noch nicht an. Erst wenn wir gelandet sind“, bat Kommissar Redhose. Die Zeit verging sehr schnell und schon landeten sie in Alaska.

In Alaska

Bevor die Biker ausstiegen, zogen sie sich noch wärmer an und waren nun bereit auszusteigen. Die Tür ging auf und schon spürten die Biker die kalte Luft im Gesicht. „Mann oh Mann. Hier ist es ja saukalt“, zitterte Pommes und zog seine Wollmütze tiefer ins Gesicht.

„Wir müssen zu einem Freund von mir. Dort finden wir ein Quartier für die Nacht“, schnaufte der Kommissar. Die Biker watschelten im Gänsemarsch hinter dem Kommissar her. Herr Karsten und die beiden Matrosen kamen als letzter raus. Auch bei der Passkontrolle kamen sie schnell vorwärts und vor dem Flughafen mussten sie auf den Freund des Kommissars warten. Ziemlich langsam, aber recht laut, kam ein verbeultes und schon sehr rostiges Auto auf den Flughafen zu. „Was ist denn das? Ein Rasenmäher?“, spottete Pommes und Kommissar Redhose lachte: „Das ist mein Freund.“

Der VW Bully hielt genau bei den Bikern und heraus hüpfte ein kleines Männlein mit einer Brille. „Ah, ihr müsst diese Biker sein. Mein Name ist Klaus Hurtig und mein Freund hat mir schon viel von euch erzählt“, sprudelten die Worte aus seinem Mund.

„Hallo Klaus“, begrüßte der Kommissar seinen Freund.

„Jetzt aber schnell ins Auto. Wir müssen uns beeilen?“, wurde Klaus schon nervös und schupste die Biker und Kommissar Redhose ins Auto.

„Das wird aber eng,“ meinte Walter.

„Das geht schon. Ist nicht so weit,“ wedelte Klaus mit den Armen. Herr Karsten, Ben, Frank, Walter und Markus zwängten sich auf die hintere Reihe und die Mädels setzten sich in die erste Reihe. Der Kommisar nahm auf der Beifahrer Seite platz. Als alle im Auto waren stieg Klaus auf‘s Gas und fuhr wild auf der Straße hin und her, überholte zahlreiche Autos und raste zu seinem Haus. „Wir werden gleich einmal zu mir nach Hause fahren. Da werde ich euch was über diesen Typen, den ihr sucht, erzählen“, plapperte Klaus ununterbrochen während der gesamten Fahrt. Bei seinem Haus angekommen, begann es leicht zu schneien und Zottel flüsterte zu Jenny: „Bin ich froh, das wir diese Fahrt ohne Kratzer überlebt haben.“

Das Haus sah nicht viel besser als das Auto aus. Der Verputz fiel herunter, die Fenster waren schwarz vor Staub und der Garten war verwildert. „Wo sind wir hier nur gelandet?“, fragte sich Maxium und folgte Klaus ins Haus. Im inneren sah es ähnlich aus, denn es stank grauenvoll und Klaus hatte sein Gewand überall auf dem Boden verstreut. „Kommt mit ins Wohnzimmer. Dort können wir ungestört reden. Schmeißt die Sachen, die auf den Sofas liegen, einfach auf den Boden“, schwafelte Klaus und ließ sich in einen Polstersessel fallen. Die Biker legten das Gewand auf den Boden, setzten sich hin und sofort begann Klaus wieder zu reden: „ Der Mann, den ihr sucht, heißt Mario Ruzo. Er besitzt hier in Alaska eine Reederei, die finanziell nicht gut dasteht. Wir vermuten, dass er die Schiffe gekapert hat, damit er sie für illegale Casinos auf den Schiffen einsetzen kann, um so an Geld zu kommen. Aber wir können es nicht beweisen. Seine Villa ist nicht weit entfernt von meinem Haus und seine Firma liegt unten am Pier 45.“

„Wer ist eigentlich wir?“, grunzte Bea und schon kam eine junge Frau durch die Tür. Sie hatte eine Polizeiuniform an und lächelte über‘s ganze Gesicht.

„Das ist meine Freundin Sandra. Sie ist Polizistin, deshalb weiß ich immer, was bei denen so vor sich geht“, quatschte Klaus.

„Haben wir genug Beweise, um diesen Mario einzubuchten?“, erkundigte sich Girl.

„Leider nein, da müsst ihr uns bitte helfen, welche zu beschaffen“, bat Sandra und setzte sich zu Klaus.

„Das machen wir doch glatt. Wo hält er sich zurzeit auf?“, forschte Pommes nach und sofort war Klaus wieder am sprechen: „Genau wissen wir es leider auch nicht, aber vermutlich in seiner Villa.“

Die Biker sahen sich verwundert an und Ben meinte: „Das ist aber nicht gerade präzise. Wir werden ihn schon finden, denn uns entkommt kein Übeltäter."

„Machen wir uns doch endlich an die Arbeit", war Jenny schon ganz aufgeregt.

„Aber wo wollen wir denn zuerst hingehen?", wollte Kommissar Redhose wissen.

„Zu der Villa und der Firma. Wir werden uns aufteilen", erklärte Iso und sofort sprangen die Biker auf und waren bereit, loszumarschieren. Erstaunt blickten Sandra, Klaus und der Kommissar auf die Biker, aber als sie sich wieder gefangen hatten, rief Kommissar Redhose: „Ich werde mit Pommes mitgehen."

„Ich schließe mich auch Frank an," rief Herr Karsten.

„Und wir werden mit der anderen Gruppe marschieren", strahlte Klaus und küsste Sandra auf die Wange. Markus und Walter gingen zu Ben und Markus rief: „Wir unterstützen euch."

„Wir übernehmen die Villa", war Pommes nicht mehr zu halten und ging zur Tür. Bea, Jenny, Frank, Herr Karsten und der Kommissar machten sich auf den Weg, um bei der Villa nachzusehen. Nach etwa zehn Minuten Fußmarsch kamen die fünf bei der Villa an und sofort flüsterte Zottel: „Achtung, viele Überwachungskameras. Wir werden beobachtet."

Der Rest hatte sie verstanden und marschierte unauffällig weiter. Kommissar Redhose folgte verwundert und war neugierig, was die Biker vorhatten: „Was wollt ihr jetzt machen?“

„Sehen Sie den Baum da vor uns?“, wisperte Golden und der Kommissar drehte sich Richtung Nachbarsgrundstück, wo ein großer Baum stand. Von dem Baum ragten einige Äste in das Grundstück von Mario Ruzo und schon hatte Pommes einen Plan, um an den Überwachungskameras vorbeizukommen. „Da wollt ihr rein?“, war der Kommissar besorgt, als sie am Baum angelangt waren. „Der ist ja voll vereist. Das ist doch zu gefährlich und deshalb werde ich es nicht zulassen“, fügte er noch hinzu und wollte Frank zurückziehen, denn der hatte schon einen Fuß auf den Baum gesetzt.

„Sehen Sie denn eine andere Möglichkeit, hier hinein zu kommen?“, wollte Frank wissen, aber Kommissar Redhose schüttelte nur den Kopf und ließ seinen Fuß wieder los.

„Versuchen wir es,“ meinte Herr Karsten als er sich den Baum angesehen hatte.

Geschwind erklomm Pommes den rutschigen Baum und blickte über die Betonmauer, die das ganze Grundstück umgab. Danach kletterte er wieder hinunter und berichtete: „Ich habe zwei Wachen gesehen, die um‘s Haus streifen. Sie haben jeder einen Rotweiler und auch Waffen dabei.

Wenn sie hinter das Haus marschieren, ist das die einzige Chance, um unbemerkt zum Eingang zu gelangen."

„Na dann mal los", war Zottel nicht zu bremsen und kletterte Frank hinterher, der schon wieder auf dem Baum saß. Jenny war nun auch am Baum, nur der Kommissar stand wie angewurzelt im Schnee und blickte nach oben. „Was ist? Kommen Sie nun mit, oder nicht?", flüsterte Golden und da gab sich Kommissar Redhose einen Ruck und er kletterte nun ebenfalls hoch. Herr Karsten erklomm als letzter den Baum. „Der Baum hält uns doch nie alle aus", jammerte er und Bea beruhigte: „Nur keine Panik. Der hält uns aus."

Nun wurden die Wachen genau beobachtet und als sie hinter dem Haus verschwunden waren, sprang Pommes vom Ast herunter in den Garten. Er landete im Schnee und gab ein Zeichen, damit alle runter in den Garten kamen. Schnell liefen sie zur Haustür und leise stiegen sie die drei Treppen bis zur Tür hinauf. Vorsichtig drückte Pommes die Klinke hinunter und die Tür sprang ohne weiteres auf. „Wir dürfen hier nicht einfach so reinmarschieren", mahnte Kommissar Redhose.

„Nur keine Sorge, es wird nichts geschehen", beruhigte Jenny und war schon im Haus. Der Kommissar blieb noch etwas unsicher auf der Treppe stehen, kam schließlich auch rein und schloss die Tür wieder. „Wo fangen wir hier nur zu suchen an?“, wollte Zottel wissen und ging in die Bücherei, die sie auf der rechten Seite sah. Pommes schlich sich in den ersten Stock und verschwand in einem der vielen Räume. Golden untersuchte die Küche und der Kommissar stand unsicher im Vorraum herum, als plötzlich aus dem Klo die Putzfrau kam. Die begann sofort zu schreien und stürmte auf den Kommissar zu. Beide fielen zu Boden und sofort liefen die Biker herbei und halfen der Frau und dem Kommissar auf.

„Was machen Sie denn in diesem Haus? Verschwinden Sie sofort, oder ich hole die Polizei“, schimpfte die Putzfrau und fuchtelte wild mit den Händen hin und her.

„Ich bin Kommissar Redhose und wer sind Sie?“, wollte der Kommissar wissen.

„Ich bin Melissa. Bin hier die Putzfrau und was suchen Sie hier, bitte sehr?“, wollte die Putzfrau wissen.

„Herrn Mario Ruzo suchen wir. Ist er hier im Haus?“, forschte Golden.

„Nein, er ist in seiner Firma. Er musste schnell dorthin, denn es gibt irgendwelche Probleme“, schwafelte Melissa.

„Wir müssen schnellstens zur Firma“, wurde der Kommissar schon nervös.

„Nein, wir müssen uns hier ein wenig umsehen. Vielleicht finden wir hier Beweise für seine Taten“, widersprach Zottel.

„Genau. Zeigen Sie uns bitte das Arbeitszimmer von Herrn Ruzo", war Frank neugierig. Die Putzfrau wusste nicht so recht, ob sie diesen Kindern das Arbeitszimmer zeigen sollte und sah auf Kommissar Redhose. Der nickte nur zustimmend mit dem Kopf. Ohne weitere Worte ging die Putzfrau voraus und zeigte den Bikern das Arbeitszimmer ihres Bosses.

„Und schon haben wir eine heiße Spur", rief Jenny und ging gleich zum großen Schreibtisch, der in der Mitte des Raumes stand. Sie nahm ein Modellschiff, von denen viele auf dem Schreibtisch standen, und hob es in die Höhe. „Das ist ja die Queen Mary", pfiff Pommes. Golden widersprach: „Das ist zwar die Queen Mary, aber der Name, der hier auf dem Schiff steht, lautet Big Boot."

Herr Karsten blieb inzwischen bei Melissa und redete mit ihr. Als die Biker das hörten, sahen sie sich auch die anderen Modelle genauer an und Zottel fand auch die Delphine Renaissance. Verblüfft von dem Fund rief Kommissar Redhose: „Das sind ja wirklich die Schiffe, die verschwunden sind." Frank guckte an die Wand und wunderte sich über das moderne Bild eines Flugzeuges, das dort hing. Auf allen anderen Bildern, die sich im Raum befanden, waren Schiffe und alles, was mit Wasser zu tun hat, abgebildet. Pommes ging darauf zu und nahm das Bild ab. Hinter dem Bild befand sich ein Tresor, den Frank natürlich sofort versuchte zu öffnen. „Der ist ja gar nicht abgeschlossen“, freute er sich und sah hinein. Drinnen waren aber nur zwei Ordner, die Pommes herausnahm und zu den anderen trug, die noch immer die Modelle bestaunten. „Was hast du da gefunden?“, erkundigte sich Zottel und sofort öffnete Frank einen der Ordner. „Das sind ja die Baupläne für den Berg“, war Jenny hocherfreut und auch der Kommissar strahlte.

„Haben wir damit genug Beweise gesammelt?“, grinste Frank und nahm die Ordner unter den Arm.

„Ja, das haben wir. Jetzt müssen wir nur noch Herrn Ruzo schnappen, dann haben wir auch dieses Verbrechen aufgeklärt“, bestätigte Kommissar Redhose. Hurtig verabschiedeten sie sich von Frau Melissa und verließen die Villa. Als sie durch die Tür marschierten, kamen die Wachen mit gezogenen Waffen auf die Gruppe zu und hielten sie auf. „Ist schon in Ordnung. Lassen Sie diese Leute gehen. Sie sind Freunde von Herrn Ruzo“, rief Frau Melissa

„Okay, ist in Ordnung“, meinte eine der Wachen und sofort senkten sie ihre Waffen und gingen weiter ums Haus. „Jetzt aber schnell weiter“, trieb Pommes und alle liefen so schnell sie konnten wieder zum Haus von Klaus. Jenny war als erstes an der Tür und riss daran. „Sie sind noch nicht zurück“, wunderte sie sich und Kommissar Redhose rief: „Dann müssen auch wir zu der Firma fahren.“ „

Aber dafür benötigen wir ein Taxi oder irgendeinen anderen fahrbaren Untersatz“, trällerte Pommes.

„Wird sofort erledigt“, strahlte der Kommissar und hielt ein Auto an, das gerade zufällig vorbeifuhr.

„Polizei. Wir fahren mit ihnen mit“, hielt der Kommissar seine Marke dem Fahrer vors Gesicht.

„Kommt schon, wir haben keine Zeit mehr“, klagte Golden und hüpfte auf die Rückbank des Fahrzeugs. „Zur Werft von Mario Ruzo bitte“, musterte Bea den Fahrer und der trat aufs Gas. Mit quietschenden Reifen machten sie sich auf den Weg zur Werft. Nach kurzer Fahrt waren sie dort angekommen und da sahen sie auch schon die Blaulichter der Polizei.

„Sie haben ihn geschnappt“, jubelte Jenny und Zottel rief: „War doch klar, denn wir Biker lassen niemals locker.“ Lachend stiegen sie aus und liefen durch das Gewirr von Polizisten und Autos zu den großen Hallen.

Der Täter ist geschnappt

Auch Girl, Sandra, Ben und Klaus machten sich mit Markus und Walter auf den Weg. Da der Hafen nicht nahe war, stiegen sie wieder ins Auto und eine rasende Fahrt ging los. Es dauerte bei seiner Fahrweise nicht lange und schon waren sie bei der Werft. „Hier ist alles heruntergekommen und die Boote sehen auch nicht gerade neu aus“, erfasste Iso sofort alles mit seinen Adleraugen.

„Alles ist finster“, bemerkte Sandra und Klaus rief: „Ich glaube, hier ist er nicht. Es steht kein Wagen am Parkplatz.“

„Und warum brennt da oben Licht?“, wollte Iso wissen, denn in einer der vielen großen Hallen war ein Licht zu sehen.

„Vielleicht haben es die Arbeiter vergessen auszuschalten“, hatte Sandra eine Vermutung.

„Das glaube ich weniger. Wenn man genau hinsieht, flackert etwas ganz bläulich“, erwiderte Maxium.

„Da wird geschweißt“, versuchte Ben zu erklären und ging etwas näher an die Halle ran. Sandra und Klaus blieben beim Wagen stehen. Maxium eilte rasch hinterher und folgte Ben.

„Hier können wir hineinsehen“, jubelte Iso, denn in der Blechwand war ein breiter und langer Riss.

„Lass mich auch mal gucken“, schimpfte Girl mit Ben, der schon durch den Riss guckte. Maxium schupste Iso auf die Seite und sah nun ebenfalls durch. „Hast du gesehen, was die da drinnen machen?“, konnte es Girl zuerst gar nicht glauben.

„Ja, du hast richtig gesehen. Die schweißen Teile für einen Berg zusammen“, bestätigte Ben.

Nun waren auch Sandra und Klaus dazugekommen und warfen ebenfalls einen Blick in die Halle. Walter ging inzwischen hinter die Halle und erkundete alles. Auch Markus stand nicht nur herum sondern hatte eine Feuerleiter entdeckt und schon war er dorthin unterwegs und kletterte nach oben. „Da hinten steht Mario Ruzo“, flüsterte Sandra und Bens Graue Zellen arbeiteten auf Hochtouren: „Wir sind zu sechst und die da drinnen sind nur drei. Das werden wir schaffen.“

„Was meinst du damit?“, verstand Klaus nicht.

„Na, wir werden sie überrumpeln und festnehmen. Eine Polizistin haben wir ja dabei“, grinste Maxium und Sandra sagte: „Wie kommen wir unbemerkt in die Halle? Hier gibt es Dutzende Überwachungskameras.“

„Das ist für uns doch kein Problem“, war Iso selbstbewusst und bemerkte das Markus und Walter verschwunden waren.

„Wo sind denn die hin?“ dachte er sich.

„Ich habe einen Weg gefunden“, wisperte Girl, die sich entfernt hatte und zum Meer gegangen war. Geschwind lief Ben zu ihr und nickte zustimmend. Neugierig kamen auch Sandra und

Klaus hinterher. Die Halle hatte auf der Meerseite riesige Tore, durch die Schiffe zum Warten hineinfahren konnten. Zwischen dem Wasser und den Toren waren etwa sechzig Zentimeter Luft und genau dort wollte Girl hindurchschlüpfen, um unbemerkt hinein zu kommen.

„Spinnst du? Da kraxle ich nicht hinunter“, war Klaus entsetzt und ging drei Schritte zurück.

„Warten wir lieber auf Verstärkung. Ich habe meine Kollegen schon informiert“, hatte auch Sandra der Mut verlassen.

„Dann könnte es zu spät sein und der Kerl entkommt uns wieder“, klagte Ben und versuchte schon runter zu klettern. Er hatte neben der Mauer vom Kai einen Holzpfahl entdeckt, auf dem er gut stehen konnte. Als er seine Füße drauf setzte, war er glücklich, dass der Pfahl seinem Gewicht standhielt. Sofort bückte Iso sich ein wenig, um unter den Toren hindurchzublicken

„Es ist nichts zu sehen. Wir können rein“, informierte er Maxium, die schon ungeduldig wurde. Es war schwierig, ohne nass zu werden, in die Halle zu gelangen, aber Ben wollte es schaffen. Er kraxelte zuerst auf einen kleinen Vorsprung am Tor, der sofort nachgab und Ben beinahe ins Wasser geworfen hätte. Gerade konnte er sich noch auf den Holzpfahl retten und rief zu Girl: „Hoffentlich haben die das nicht gehört.“

„Glaube ich nicht, bei dem Arbeitslärm, den sie machen“, meinte Maxium. Jetzt begann Bens Gesicht zu strahlen, denn es war ein großes Teil vom Tor abgebrochen und jetzt war es wirklich nicht mehr schwer, hinein zu kommen. Geschwind kletterte er auf dem Rahmen des Tores und setzte seinen Fuß auf einen Metallsteg, der ins Innere der Halle zu führen schien. „Komm schon. Trödle nicht so“, forderte Iso und schon kam Girl hinterher getrottet. Gerade als sie losgehen wollten, hörten sie hinter sich Schritte, aber als sie sich umdrehten und sahen, dass es Sandra war, atmeten sie erleichtert auf. „Ich kann euch doch nicht alleine in die Höhle des Löwen schicken“, lächelte sie und kam hinterher.

„Leise, ich habe etwas gehört“, wisperte Ben und sofort blieben alle stehen und lauschten. „Da vorne sind sie“, flüsterte Maxium und Sandra zog ihre Dienstwaffe. Es waren wirklich nur drei Personen anwesend, die mit Schweißarbeiten beschäftigt waren.

„Teilen wir uns auf. Wir werden sie von drei Seiten überraschen“, befahl Maxium und schon wurde der Befehl ausgeführt. Nachdem alle in Position waren, rief Sandra: „Zugriff.“

Blitzschnell sprangen Sandra, Girl und Ben hervor und die Männer rissen die Hände in die Höhe, als sie die Polizistin sahen. Dann begannen sie zu lachen und Herr Ruzo spottete: „Ein Bulle und zwei Kinder und ihr wollt mich hopsnehmen? Das ist ja lächerlich. Männer, arbeitet weiter, denn ich werde dieses Problem schon lösen.“ Herr Ruzo kam auf Sandra zu, um ihr die Waffe abzunehmen, als er plötzlich bewusstlos zu Boden sank. Hinter ihm war Walter aufgetaucht, der einen Schraubenschlüssel in der Hand hatte und damit Herrn Ruzo ins Traumland schickte. „Wo kommst du her? Ich dachte du bist fort gelaufen,“ konnte es Ben nicht fassen als er Walter sah. Die beiden Männer sahen sich an und hoben schnell wieder ihre Hände, da waren auch schon die Polizeisirenen zu hören. Stöhnend richtete sich Mario Ruzo auf und als er sah, dass Sandra gerade den Männern die Handschellen anlegte, startete er einen Fluchtversuch.

„Der haut ab!“, schrie Ben und flitzte hinterher. Auch Girl versuchte mitzusprinten, hatte aber keine Chance und gab auf. Da Iso gut in Form war, hatte er Herrn Ruzo rasch eingeholt und sprang auf seinen Rücken. Mario Ruzo kam ins Wanken, stolperte schließlich und fiel zu Boden.

„Verschwinde, du Lausbub! Ihr werdet mich nicht kriegen!“, schrie er und schüttelte Ben ab. Verzweifelt versuchte Iso ihn festzuhalten, aber Herr Ruzo riss sich los und lief auch schon wieder los. Da grinste Ben und zeigte auf Markus der plötzlich vor ihnen stand: „Sie haben recht, ich werde Sie nicht mehr erwischen, aber er dort schon." Markus hielt eine Eisenstange in den Händen und schlug sie immer wieder auf den Boden. Als auch noch vier Polizisten dazu kamen gab er auf.

„Das ist nicht gut", stöhnte Mario Ruzo und hob seine Hände. Mario Ruzo und die Männer wurden abgeführt und Sandra kam mit Girl zu Ben.

„Ihr habt uns schon wieder geholfen. Und ich dachte schon, ihr seid abgehauen", klopfte Maxium Markus auf die Schulter.

„Das hätten wir nie gemacht. Wir hatten doch versprochen zu helfen", lächelte dieser.

„Ich hatte auf der hinter Seite der Halle einen Eingang gefunden und so konnte ich euch helfen", erklärte Walter und Markus fügte noch hinzu: „Ich kam durch eine Dachluke in die Halle."

„Das habt ihr gut gemacht", lobte Sandra und ging zu ihren Kollegen.

„Tolle Verfolgung. Hätte ich nicht besser machen können", witzelte Maxium.

„Guck lieber, wer da angelaufen kommt", rief Ben und schon waren Jenny, Bea und Frank bei ihnen.

„Da haben wir ja wieder einmal tolle Arbeit geleistet", strahlte Golden und Pommes meinte: „Nicht einmal das kälteste Wetter friert unsere grauen Zellen ein."

Sandra, Kommissar Redhose und noch ein weiterer Kommissar stießen zu den Bikern.

„Das ist mein Boss, Kommissar Frankes“, stellte Sandra vor.

„Guten Tag, ihr seid also die Biker aus Österreich. Erfreut, euch kennenzulernen“, grüßte dieser freundlich.

„Auch sehr erfreut, Sie kennenzulernen“, lächelte Zottel.

„Dann können wir ja wieder zurückfliegen. Ich habe noch sehr viel Arbeit“, unterbrach Kommissar Redhose.

„Ich möchte mich bei euch recht herzlich bedanken und ihr seid immer bei uns willkommen. Schade, dass ihr schon wieder zurück müsst“, rief Kommissar Frankes.

„Danke auch von mir. Ohne euch hätten wir Mario Ruzo nie überführen können. Klaus bringt euch wieder sicher zum Flughafen. Ich muss mit aufs Präsidium. Also, bis irgendwann“, quasselte Sandra und ging mit Kommissar Frankes zurück zum Wagen und schon fuhren die Polizisten ab.

„Tolle Verabschiedung. Wo ist eigentlich Klaus?“, fiel Ben auf, das er nicht hier war. Als wieder quietschende Reifen und ein Klappern zu hören waren, wussten die Biker sofort, dass das nur Klaus sein konnte. „Habt ihr wirklich gut gemacht“, rief dieser aus dem Auto.

„Zurück zum Flughafen bitte“, sagte Kommissar Redhose.

„Wird gemacht“, grinste Klaus und trat das Gaspedal wieder einmal bis zum Anschlag durch. Beim Flughafen angekommen, nuschelte Klaus: „Ich werde euch vermissen. Kommt gut nach Hause. Ich werde noch meinen Kindern von euch Bikern erzählen.“

Lachend verließen die Biker seinen Wagen und schon fuhr Klaus wieder fort. „Komischer Kauz. Aber was soll's, der Fall ist gelöst und wir können wieder zurück“, schnaufte Zottel. „Genau, wieder einmal haben wir es geschafft, die Welt vor einem Gauner zu befreien“, jauchzte Pommes.

„Jetzt kommt endlich. Die fliegen sonst noch ohne uns“, wurde Kommissar Redhose schon nervös. Gemeinsam schritten sie zur Passkontrolle und schon saßen sie im Flugzeug. Der Flug ging wieder zurück nach Grönland, wo Franks Eltern schon auf die Biker warteten. Stürmisch wurden sie begrüßt und sofort mussten sie die Erlebnisse erzählen. „Das war ja wieder spannend“, wunderte sich Herr Lot über nichts mehr bei den Bikern.

„Auf, wir müssen zum Flughafen“, befahl Frau Lot. „Nur nicht hetzen“, rief Frank und Bea meinte: „Genau, der Fall ist gelöst, das war doch das wichtigste.“

Auch Kapitän Viktonsen kam noch zu den Bikern, denn er flog zurück nach Barcelona und wollte sich noch von ihnen verabschieden. „Ich werde dieses Abenteuer immer auf meinem Schiff erzählen“, informierte der Kapitän noch und verließ den Raum, mit einem Lächeln auf den Lippen.

„Es war spannend mit euch,“ kam auch Markus um sich zu verabschieden. Walter meinte noch: „So Kinder wie euch hab ich noch nie erlebt. furchtlos und intelligent.“ Die Fünf wurden leicht rot bei diesem Kompliment und riefen: „Danke. Ihr seid aber auch nicht furchtlos.“

„Wir müssen jetzt los“, trieb Herr Karsten die Bande an.

„Noch einmal herzlichen Dank und guten Flug“, winkte der Kommissar und die beiden Matrosen den Bikern noch nach. Schnell hüpften sie in das gerufene Taxi und wurden ohne Umwege zum Flughafen gebracht. Stolz, wieder neue Freunde gefunden zu haben, saßen sie im Flieger und schließlich sang Pommes: „Wieder wurden Gangster von uns hinter Gitter gebracht. Die haben jetzt genug Zeit, um Schiffe versenken zu spielen.“

„Bleib immer locker, sonst haut‘s die vom Hocker“, riefen die Biker gemeinsam.

Die Passagiere drehten sich nach ihnen um und schüttelten nur den Kopf, aber den Bikern machte das nichts, denn sie waren so erschöpft, dass sie sofort einschliefen.

Markus Klöckl

Der Autor schreibt unter dem Motto: Lesen soll Spaß machen und die Fantasie anregen.

Weitere Abenteuer der Biker:

Diamantenraub
Frankensteins Monster
Das Geisterschiff
Die Höhle des Löwens
Die Müll Schweine
Das verschollene Schloss
Flugzeugentführung
Der Toten Felsen
Die verschollene Frau
Die Urechsen
Verschollen
Die Insel des Schreckens
Spuck um Mitternacht
Der Geheimbund